잔혹범죄전담팀
라플레시아걸

잔혹범죄전담림

라플레시아걸

초판 1쇄 인쇄 | 2023년 1월 13일
초판 1쇄 발행 | 2023년 1월 20일

지은이 | 한새마
펴낸이 | 박영욱
펴낸곳 | 북오션

경영지원 | 서정희
편 집 | 고은경·조진주
마케팅 | 최석진
디자인 | 민영선·임진형
SNS마케팅 | 박현빈·박가빈

주 소 | 서울시 마포구 월드컵로 14길 62 북오션빌딩
이메일 | bookocean@naver.com
네이버포스트 | post.naver.com/bookocean
페이스북 | facebook.com/bookocean.book
인스타그램 | instagram.com/bookocean777
전 화 | 편집문의: 02-325-9172   영업분의: 02-322-6709
팩 스 | 02-3143-3964

출판신고번호 | 제 2007-000197호

ISBN 978-89-6799-744-1 (03810)

잔혹범죄전담팀

RAFFLESIA GIRL

라플레시아걸

프롤로그

날씨가 심상치 않았다.

강규식 경사의 가느다란 두 눈이 선착장 너머에 오래 머물렀다. 해양 경찰로 바다만 바라보고 지낸 세월이 15년이다. 자글자글 주름진 미간에 근심이 어렸다.

짠 내 가득한 바람이 강 경사의 방한 모자를 치고 달아났다. 반백의 머리칼이 미친 듯이 휘날렸다. 바람이 사나워지고 파도가 요동치기 시작하는 걸 보니 한바탕 태풍이라도 몰아칠 기세였다. 게다가 하필이면 물때이기도 했다. 사건 현장이 훼손될까 봐 그게 제일 걱정이었다.

선착장에 붙들려 있는 선박은 작은 고기잡이 어선이었다. 거센 파랑에 위아래로 심하게 흔들리고 있었다.

선체는 색색의 휘장으로 휘감았고 갑판엔 온갖 문양의 깃발들이 꽂혀 있었다. 서슬 퍼런 언월도와 삼지창도 바닷바람에 미친 듯이 나부대는 깃발들 사이에서 휘청거렸다. 조타실 외부엔 오색찬란한 종이꽃들이 피었다. 마치 커다란 상여(喪輿) 같았다. 수십 마리의 갈매기 떼가 상여꾼처럼 배 주위에 바글댔다.

감식반원 하나가 배 밖으로 머리를 내밀고 토했다. 토사물이 갑판과 선체 외부에 덕지덕지 붙었다.

갑판 위에 발을 내딛던 강 경사가 소리쳤다.

"야, 인마! 네가 토한 거, 네가 다 핀셋으로 주워라!"

어린 감식반원이 속을 게워낼 만도 했다.

갑판 위에는 동, 서, 남, 북을 가리키는 네 개의 창이 꽂혀 있었다.

기시감이 들었다. 강 경사의 하나뿐인 아들이 얼마 전에 희소병에 걸렸는데 어린 아들의 명줄을 잇기 위해 안 해본 짓이 없었다. 병을 낫게 하려면 용왕에게 아들을 팔아야 한다는 노모의 성화에 하는 수 없이 이천만 원짜리 굿판을 벌이기도 했다. 그때 본 굿판과 모양새가 비슷했다. 하지만 거기에선 네 개의 창에 허수아비를 꽂아 두었는데 여기에선 허수아비 대신 사람이 꽂혀 있었다. 모두 벌거벗은 상태였고 뱃가죽은 바큇살 꼴로 벌어져 있었다. 팔다리는 말린 개구리처럼 앙상했고 거죽은 잿빛이었다. 눈과 내장은 갈매기 떼들이 파먹고 없었다. 움푹한 눈구멍들이 모두 한곳을 응시하고 있었다. 분질러진 손가락들이 한군데를 가리키고 있었다. 말라비틀어진 나뭇가지 같은 검지가 가리키는 곳에 작디작은 꽃이 피어 있었다.

시체꽃이었다.

여자아이 시체로 만들어진 꽃이었다. 꽃잎처럼 벌어진 뱃가죽과 줄기처럼 뻗은 팔다리.

그걸 본 순간 강 경사도 속에서 욕지기가 치밀어올랐다. 도대체 어떤 미친 새끼가 이런 짓을 벌였단 말인가.

그때였다.

"여기 생존자가 있습니다!"

소리친 형사가 조타실 안에서 얼 실쯤 되어 보이는, 비쩍 마른 여자아이를 데리고 나왔다. 여자아이는 흰 광목을 대충 기워 만든, 이상한 옷을 입고 있었다.

"애, 괜찮니? 너 이름이 뭐야?"

강 경사의 물음에도 대답 없이 여자아이는, 넋이 나가 있었다. 커다란 두 눈으로 바다 너머 어딘가를 어루더듬고 있었다. 꽉 쥔 두 주먹을 파르르 떨어댔다.

강 경사는 여자아이의 주먹을 붙잡아 억지로 폈다.

"이게 뭐야? 우주함대 선장 면허증? 요새 이런 것도 있나?

강 경사가 아이를 데리고 나온 젊은 형사에게 우주함대 선장 면허증을 내밀며 물었다. 구겨진 코팅지 안에는 바닷물로 얼룩져 글자를 알아보기 힘들었다.

"그냥 애들이 갖고 노는 가짜 면허증 같은데요? 문구점에 경찰 배지도 널렸어요."

거기에 아이의 생년월일과 이름이 적혀 있었다.

⟨□2.1□.09. □시호⟩

이름 빼고는 제대로 알아볼 수 있는 게 없었다. 강 경사가 쪼그리고 앉아 여자아이의 얼굴을 들여다보았다.

"네가 시호니?"

아이는 입을 꼭 다물고 있었다. 수평선 너머에 가 닿은 두 눈이 되돌아오질 않았다.

"시호야, 괜찮아?"

강 경사가 아이의 강파른 어깨를 붙잡았다. 그러자 갑자기 신음을 내뱉으며 고통에 몸을 비틀었다. 흰 광목을 기워 만든 웃옷의 등판 쪽이 붉게 물들었다. 피였다. 강 경사는 헐렁한 웃옷을 위로 들추었다. 좁고 마른 여자아이의 등판을 가득 메우고 있는 꽃이 나타났다.

갑판에 죽어 있던 여자아이의 모습을 그대로 본뜬,

시체꽃 문신이었다.

1

언더독 리그의 규칙은 하나뿐이다.

그건 바로 무승부는 없다는 것. 완전한 승리와 완전한 패배만이 인정된다는 것.

사각 팬츠만 입은 남자 둘이서 땀과 피로 미끄덩거리는 몸을 끌어안고 뒹굴고 있었다. 스포츠머리 남자가 노란 머리 남자의 뒷덜미를 거머잡고 옆구리에 주먹을 박아 넣고 있었다. 노란 머리도 지지 않고 무릎으로 스포츠머리의 허벅지를 걷어찼다. 둘은 엉겨 붙은 자세로 한참이나 치고받았다.

폐쇄된 재래시장 지하상가 안이 터질듯한 함성과 열기로 가득 찼다.

"야! 일어나!"

"죽여 버려!"

"치라고, 새끼야!"

여차하면 경기장인 분수대 안으로 뛰쳐 들어갈 기세로 관중들은 고래고래 소릴 질러 댔다.

스포츠머리가 노란 머리의 가랑이에 손을 집어넣고 들어 올렸다. 그러고는 말라붙은 연못과 플라스틱 오줌싸개 조형물 위로 내동댕이쳤다. 오줌싸개의 머리통이 날아갔다. 조악한 플라스틱 계곡 위로 핏물이 튀었다. 타일 바닥에도 피가 흥건했다. 스포츠머리가 양손을 들어 승리의 포즈를 취했다.

시호는 분수대를 지나쳐 공중화장실 쪽으로 갔다. 지린내가 코를 찔렀다. 화장실 앞에 접이식 파라솔을 펼쳐 놓고 쭈그렁 할아범이 앉아 있었다. 새까맣게 때가 긴 백 원짜리 동전들을 쥐고 한 손으로 드르륵드르륵 굴리고 있었다.

"시세꽃 문신한 여자를 찾고 있습니다."

할아범이 파란색 플라스틱 바가지에 잔뜩 쌓여 있는 마우스피스 중에 하나를 집어 시호에게 내밀었다. 마우스피스에는 피

12

와 정체를 알 수 없는 이물질이 잔뜩 묻어 있었다. 시호는 마우스피스를 손으로 쳐 내며 다시 물었다.

"시체꽃 여자요."

할아범은 말없이 씩 웃으며 파라솔 테이블 위에 나뒹굴고 있는 핸드랩을 집어 시호에게 던졌다. 시호가 핸드랩을 붙잡자 그게 신호라도 되듯 여자들이 몰려와 시호에게 달라붙었다. 동남아 계열의 미녀들이 시호의 점퍼를 벗기고선 손에 핸드랩을 감아주었다. 여자들에게 둘러싸인 채 얼결에 도착한 곳은 언더독 리그 경기장인 분수대였다.

시호는 피비린내 가득한 분수대 안으로 천천히 들어섰다. 대가리가 날아간 오줌싸개 옆에서 여성 파이터가 몸을 풀고 있었다. 레게 머리에 탱크톱 차림의 여자가 목을 이리저리 꺾으며 제자리뛰기를 했다. 여자의 등에는 라플레시아꽃 문신이 새겨져 있었다.

찾았다. 시체꽃 문신을 한 여자.

여자는 멧돼지처럼 씩씩거렸다. 팽팽하게 잡아당길 대로 당긴 고무줄같이 튀어나올 준비가 되어 보였다.

"어이, 당신⋯."

말 붙이기 무섭게 여자가 시호의 턱으로 주먹을 뻗었다. 하지만 전 판이 있었던지 팔이 약간 아래로 내려갔다. 전형적인 인파이터 스타일인 시호는 그걸 놓치지 않고 여자의 팔목을 붙잡아 잡아당겼다. 그러고는 선 자세에서 그대로 오른 다리를 뻗어 발등으로 레게 머리 여자의 관자놀이를 때렸다. 속으로 공격 루틴을 읊었다.

찬다, 찍는다, 꽂는다, 조른다.

이 루틴은 십여 년 동안 단련하면서 몸에 익혀 놓은 것이다. 두 눈이 핏물에 감기고, 어깨가 지쳐 내려가고, 무릎이 풀릴 때도 몸은 루틴대로 움직이도록 말이다.

레게 머리 여자가 왼쪽으로 휘청했다. 그쪽 바닥에 물을 뿜는 수도꼭지가 보였다. 잘못 쓰러지면 레게 머리 여자는 돌이킬 수 없는 부상을 입는다. 시호는 붙잡았던 팔을 겨드랑이 사이에 끼고 조이는 자세를 취하면서 옆으로 굴렀다. 팔이 부러질 것 같은 고통이 전해질 것이다. 포기하겠다는 표시를 하지 않아서 보니까 여자는 기절한 상태였다. 첫 번째 타격 때 이미 정신을 잃었던 모양이다.

시호는 축 늘어진 몸을 놓아주며 여자의 등판을 확인했다.

라플레시아, 시체꽃 문신은 맞지만, 시호가 기대했던 그건 아니었다.

꽃잎 한 장 한 장 붉은색을 입힌 전기 니들 작품이었다. 시호의 문신은 꽃잎 안에 붉은색 산스크리트어로 한 땀 한 땀 채워져 있는 바늘 문신이다.

분수대로 시호를 이끌었던 여자들이 다가와 땀과 피로 얼룩진 면 티셔츠 위에 점퍼를 걸쳐줬다. 큰 눈망울의 여자는 시호에게 달라붙어 귓불과 목덜미를 뜨거운 시선으로 핥았다. 쭈그렁 할아범이 숨넘어갈 듯 웃어댔다. 껄껄대는 웃음소리에 지하상가 밖으로 향했던 시호의 발걸음이 파라솔 쪽으로 되돌아갔다.

점퍼 안쪽에서 경찰 공무원증을 꺼낸 시호는 앞니 빠진 면상에 대고 흔들었다. 할아범의 입이 딱 다물어졌다.

"당신을 불법 도박장 운영과 폭행 및 상해 교사 혐의로 체포합니다. 변호사를 선임할 수 있고 진술을 거부할 수도 있습니다."

할아범의 손목에 수갑을 채우고 일으켜 세우는데 몸집 좋은 도박장 문방(경비)들이 우르르 뛰어나왔다. 점퍼 안쪽에서 스마트폰이 울렸다. 시호는 한 손으로 핸드폰을 꺼내 플라스틱 테이블 위에 올려놓았다. 스피커 모드로 켜자 수화기 안에서 경상도 사투리가 튀어나왔다.

"팀장님예, 어딥니꺼? 안 오고 뭐하는데예?"

시호는 파라솔 테이블 다리와 할아범의 손목을 수갑으로 엮었다.

"경찰청 도박전담반 강 팀장!"

시호는 다음 말을 이을 수 없었다.

최저 시급 4,580원.

딤배 한 집 2,100원.

담배 한 갑 팔면 편의점 점주에게 남는 돈 100원.

100원 중 25%가 아르바이트 임금.

담배 한 갑 팔면 나한테 떨어지는 돈 25원.

오늘 오후의 그 손님은 25원에 나를 모욕했다. 25원에 나를 희롱했다. 25원에 나를 때렸다.

남자는 편의점에 들어올 때부터 분위기가 심상치 않았다. 막걸리 냄새가 계산대 너머까지 훅 끼칠 정도였다.

"대가리에 피도 안 마른 년이 어른한테 잔돈을 드릴 땐 두 손으로 공손하게 줘야지! 엉? 손님은 왕이다. 몰라?"

처음부터 오백 원짜리 5개를 손바닥 위에 올려놓고 가져가 보라는 식으로 굴었던 쪽은 그쪽이었으면서. 굳이 내가 손바닥 위의 동전을 긁어 가져가게 했으면서.

동전을 집는데 남자가 내 손을 덥석 잡았다. 나는 깜짝 놀라 손을 얼른 뺐다. 축축하고 뜨겁고 기분 나쁜 감촉이 손에 오래 남았다.

남자의 손과 스치기도 싫었다. 거스름돈인 백 원짜리 4개를 계산대 위에 올려놓았다. 그러자 남자가 소리를 지른 것이었다.

편의점 안에 다른 손님은 없었다. 스마트폰과 비상벨은 팔을 한참 뻗어야 닿는 거리에 있었다.

"알바 주제에 사과도 안 해?"

순간 왼쪽 뺨이 불에 덴 듯 화끈거렸다. 한쪽 손으로 뺨을 감싸 쥐었다. 이게 무슨 일인가 싶었다. 뺨이란 걸 맞아본 게 언제였더라. 친구하고 장난치다가 휘두른 손에 맞았던 중학교 1학년 때의 기억이 마지막인 것 같았다.

그때 남자가 뭔가를 치켜들었다. 얼핏 봤는데 나무 작대기였다. 그러고 보니 남자는 등산복 차림이었다. 하산길에 주워온 모양이었다. 얼굴이 불콰하다 못해 목덜미까지 새빨갰다.

나는 본능적으로 두어 걸음 물러났다. 등에 진열대가 닿으면서 담배 몇 갑이 바닥에 떨어졌다. 완전히 갇혔구나 싶었다. 소리를 지를 생각조차 못 했다. 할 수 있는 거라곤 쪼그리고 앉아 몸을 웅크리고 있는 것뿐이었다. 등판에 나무 작대기가 날아 들어왔다. 몸을 거의 바닥에 붙여 세게 맞지는 않았다.

"너 앞으로 똑바로 해. 알겠어? 엉? 내가 딱 지켜보겠어!"

남자는 휘청거리며 자동문으로 나갔다.

나는 그제야 몸을 조금 일으켜 쪼그리고 앉아 울었다. 지켜보겠다는 말이 심장을 파고들었다. 후들거리는 다리를 추슬러 계산대 밖으로 나가 문을 잠갔다. 남자가 다시 나타나 나무 작대기로 유리문을 두들겨댈 것 같았다. 유리문 너머를 살폈다.

유모차를 끌고 가는 젊은 엄마, 오토바이를 타고 지나가는 중국집 배달원, 책가방을 메고 뛰어가는 고등학생 등등. 통유리창에 붙여 놓은 UV 차단 시트지 때문인지 편의점 밖 풍경은 한없이 무심하고 차가워 보였다.

내가 이 안에서 죽더라도 아무도 몰랐을 것이다. 어째서? 그 어떤 가게보다 환하게 불을 밝히고 있는 편의점인데? 나는 그저 가게 안에 비치해 놓은 의자나 다름없는 것일까?

퍼뜩 정신을 차리고 부리나케 스마트폰을 찾았다. 112번을 누르는 손이 파르르 떨렸다.

경찰을 부른 다음엔 점장에게 전화를 걸었다. 점장은 대번에 화를 냈다. 번화가나 정류장 부근도 아니고 주택지구에 있어서 단골 위주로 장사를 하는 편의점인데 그깟 일로 신고하면 어떡하냐는 거였다. 피해자는 난데, 나한테 왜 그러냐는 말이 목구멍까지 튀어나왔지만, 꾹꾹 눌렀다.

"유통기간 지난 도시락 좀 가져가서 먹으면 안 될까요?"

이 상황에서도 배가 고팠다. 바닥까지 드러난 자존감 대신에 배 속이라도 채우고 싶었던 거라고 자위하고 싶지만, 실상은 어제저녁부터 내리 굶었던 거다.

"야! 너는 이 상황에서도 먹을 거 타령이냐? 너 일부러 도시락 유통기한 넘기게 냉장창고에 숨겨두고 그러는 거 아냐?"

맞은 것도 서러운데 도둑 취급까지 받다니, 비참했다.

전화를 끊고 한참을 기다리자 인근 파출소에서 남성 경찰 2명이 왔다. 손으로 뺨을 맞았고 나무 작대기로 등을 맞았다고 말했다. 그러자 그중 한 명이, 내가 말릴 새도 없이 내 유니폼 상의를 조금 걷어 올려 등허리 쪽을 살폈다.

"맞은 자국은 없는데요?"

나는 귓불까지 빨개졌다. 상처가 나도록 세게 맞았어야 했나 후회했다.

경찰들은 CCTV를 확인하고 녹화본을 USB에 담아갔다. 그게 끝이었다. 뭔가 해결됐다는 기분도 안전하다는 기분도 들지 않았다. 그저 불편하고 불안하고 불쾌했다.

경찰이 나가고 나자 다시 문을 잠갔다.

계산대 뒤에 쪼그리고 앉아 고등학교 단짝이었던 친구에게 문자를 보냈다. 오늘 어떤 이상한 아저씨한테서 뺨을 맞았다고, 경찰들이 왔는데 나를 무시하더라고 문자를 찍는데 눈가가 뜨거워졌다.

아무리 기다려도 친구한테서는 답장이 없었다. 공부도 잘하고 집안도 부유해서 서울에 있는 대학교로 진학한 친구였다. 이 혼가정인 나하곤 처지가 달랐다. 새로 사귄 친구들 때문에 나를 잊은 것일까?

누군가의 위로조차 사치이고 욕심인 걸까?

2

　시호가 살인사건 현장에 도착한 것은 저녁 여섯 시 무렵이
었다.

　저문 목숨을 기리기라도 하듯 '저크시즈 팰리스' 901호의 커
다란 통유리창마다 붉은 꽃들이 걸려 있었다. 현장감식 요원들
의 하얀 점프슈트에도 붉은 물이 들었다. 유리창 너머로 노을이
한창이었다. 한동안 서쪽 하늘에 지는 노을을 바라볼 때마다 시
호의 눈앞에 피투성이 시체가 떠오를 것이었다.

　시호는 어금니를 앙다문 채 거실로 들어섰다. 좀처럼 익숙해
지지 않는 냄새다. 맡는다는 표현보다 온몸으로 파고든다는 표

현이 더 어울릴 정도다.

하얀 대리석 바닥 위에 증거물 표식과 함께 족적들이 여기저기 찍혀 있었다. 적갈색의 낯익은 격자무늬가 화장실까지 이어졌다.

화장실 문 앞에 벗어놓은 피 묻은 플라스틱 욕실화가 가지런했다. 현장감식 요원이 욕실에서 세면대 트랩을 분리 중이었다. 언뜻 보아도 세면대에는 물기 하나 없이 깨끗했다.

시호가 아크릴 발 받침대를 밟으며 집 안으로 들어서자 인터폰 앞에 붙어 있던 막내 방이열 형사가 꾸벅 머리를 숙였다. 숯검정 눈썹이 꿈틀거리는 걸 보니 뭔가 잘 안 풀리는 게 있는 모양이었다. 시호보다 다섯 살은 어린 막내인데도 워낙에 험상궂은 외모라서, 전국 최연소 광수대 강력팀 팀장인 시호보다 열 살은 더 많아 보였다. 게다가 매사에 진지한 태도로 임해서 지금껏 방 형사가 웃는 걸 본 팀원이 한 명도 없었다.

"오셨어요?"

비쩍 마른 데다 안경까지 쓰고 있어서 형사보다는 9급 공무원이 더 어울릴 법한 배영민 경사가 전실 앞에 서 있다가 시호를 보고 알은체를 했다.

"신고자는요?"

"가사 도우미, 48세, 김희령 씨가 오후 4시경 출근하면서 발견했다고 합니다."

"으음, 출근이 많이 늦었네요."

"신영호 씨 마카오 여행 귀국 일자에 맞춰서 출근한 거라고 합니다."

"이웃 사람은 만나봤나요?"

경찰대 출신의 엘리트에 나이도 어린 팀장이다보니 팀원들과 허물없이 지낼 수 없는 시호였다. 혹시라도 책잡힐까 조심하고 또 조심했다.

"아, 이제 가서 만나봐야죠."

"냄새 때문에 머리가 다 아픈데, 이웃에서 아무 민원도 없었다고요? 이상하네요."

"그렇죠?"

배 형사가 코를 훌쩍거리며 뒤돌아섰다.

"이며, 강 팀장! 빨리 이리 좀 와봐."

현장 검시의 닥터 송이 하늘색 라텍스 장갑을 낀 통통한 손을 까닥거리며 시호를 불렀다. 마치 어린아이가 좀 전에 그린 그림을 보여주고 싶어서 안달인 것처럼 닥터 송의 목소리가 한껏 들떠 있었다.

"안녕하세요, 송라희 선생님."

"안녕 못하지. 이상하게 강 팀장네 사건엔 시체가 멀쩡한 적이 없어. 그래서 강 팀장네 호출이라면 안 나오고 싶다니까. 음, 저번 사건엔 토막 시체가 시멘트에 파묻혀 있었지?"

닥터 송의 말대로 광수대 강력 3팀에서 맡았던 사건들이 죄다 그러했다. 그래서 '잔혹범죄전담팀'이라는 별칭까지 생겼다. 하지만 시호 팀 사건이라면 현장에 안 나오고 싶다는 사람이 맞나 싶을 정도로 닥터 송은 생글거렸다.

"봐봐. 세상에, 이번엔 얼굴이 없어."

시체에 얼굴이 사라지고 없었다. 가죽이 벗겨진 건 아니었다. 누군가 얼굴을 곤죽이 되도록 두들겨댄 모양이었다. 찢어지고 짓이겨진 피부는 다진 소고기를 떠올리게 했다. 광대뼈와 코뼈가 모두 함몰되었고, 부서진 뼛조각들이 삐죽삐죽 살가죽을 뚫고 튀어나와 있었다. 턱뼈가 빠졌는지 입이 기이하도록 크게 벌어져 있었다.

"신영호 씨인 건 맞나요?"

닥터 송이 자기 옆에 있던 지문감식기를 들고 흔들었다.

3년 묵은 묵은지처럼 불그죽죽하게 생긴 우근지 경장이 수첩에 뭔가를 적으면서 안방에서 나왔다.

"서재 금고가 열려 있습니다. 안에가 텅텅 빈 걸 보니 답이 딱 나오는데예. 비밀번호 알라꼬 고문한 거 아닙니꺼?"

우 형사는 시체에 남겨진 폭력의 흔적들을 비밀번호를 알아내기 위한 고문으로 해석한 모양이었다.

피해자는 고급 정장 차림이었고 자기 배설물과 피 웅덩이 위에 반듯하게 누워있었다. 방어흔이 너무 없었다. 무차별적인 린치가 가해지는 동안 피해자는 어떠한 반사적 행동도 취하지 않았음이 틀림없다. 이 상흔들은 모두 사후에 생긴 것이다.

"살아 있을 때 고문한 것치곤 현장이 너무 깨끗한데요?"

"빙고! 피해자가 살아 있을 때 고문했다면 혈흔도 훨씬 많이 남고 현장도 지금보다 더 지저분했을 거야."

닥터 송도 시호의 의견을 뒷받침해주었다.

"사세한 건 부검해봐야 알겠지만, 실내 온도와 부패 상태로 유추해보면 적어도 이틀은 된 것 같아."

"이틀 된 시체치곤 부패가 심한 편이네요."

온 집 안이 끔찍한 악취로 가득했는데 아마도 통유리창으로 된 인테리어가 온실 효과를 발휘해 부패를 더욱 촉진시켰을 것이다.

닥터 송의 통통한 손이 시체의 목 쪽을 가리켰다.

"사망원인은 음, 얼굴 빼곤 다 멀쩡해서 목에 손자국도 선명하고 손졸림사 같은데 어쨌든 정확한 건 부검해봐야 알겠지?"

"목 쫄라 직이면서 얼굴에 망치질은 뭐 할라꼬 했으까예?"

우근지 경장이 중얼거리자 닥터 송이 혀를 찼다.

"우 형사는 좀 성급한 면이 있더라. 둔기 종류가 망치인지는 아직 모르지."

"그라모 확실한 건 뭔데예?"

"사망자의 앞니, 바깥앞니, 송곳니가 모두 사라지고 없다는 거?"

"예에?"

시호는 고개를 숙여 시체와 거의 입을 맞출 듯 얼굴을 맞대고 입속을 들여다보았다. 짓이겨진 살점들과 삐죽삐죽 튀어나온 뼛조각들 사이로 기이하도록 크게 벌어져 있는 입은 검고 깊은 구렁 같았다. 자세히 안을 들여다보니 잇몸들이 죄다 뭉개져 있었다. 얼굴 바깥쪽을 곤죽이 되도록 두들겨댔으니 입 안쪽이 멀쩡할 리 없었다. 하지만 이상했다. 빠진 치아들을 이유 없이 가져가진 않았을 것이다.

"전리품 챙기 간 겁니꺼? 설마 연쇄 살인사건은 아니겠지예?"

헬스 보이 차진웅 경장이 우 형사의 뒤통수를 한 대 갈겼다.

"야, 인마. 형사는 함부로 설레발치면 안 돼. 말한 대로 된단 말이야. 재수 없게."

뒤통수를 긁으며 우 형사가 헤헤, 하고 웃었다.

"강 팀장, 여기 좀 봐."

닥터 송이 시체의 주먹을 펼쳤다. 피해자의 왼손 손바닥에 산스크리트어가 새겨져 있었다.

ॐ मणि पदमे हुं

"옴 마니 반메 훔?"

시호가 알아보고 말했다.

"어머, 이걸 어떻게 알아봤대?"

'옴 마니 반메 훔'은 관세음보살의 사비를 나타내는 산스크리트어로 이걸 외면 관세음보살의 자비에 의해 번뇌와 죄악이 소멸되고, 온갖 지혜와 공덕을 갖추게 된다는 '관세음보살 본심미

28

묘 육자대명왕진언'이다. 줄여서 '관세음보살 진언' 혹은 '육자
진언'이라고도 한다.

시호가 산스크리트어를 공부한 이유는 몸에 새겨진 시체꽃
문신 때문이었다. 다섯 개의 꽃잎을 붉은 산스크리트어가 가득
채우고 있어서였다. 하지만 그녀의 몸에 새겨진 문자들은 현재
전해져 내려오는 산스크리트어와 다른 고대 변방의 것이었다.
그래서 지금까지도 전부 해석해내지 못한 것이었다.

닥터 송이 피해자의 손날 쪽을 보여줬다. 거기에는 2센티미
터 정도의 수술 자국이 있었다. 육손이었나? 관세음보살상의 육
손을 떠올리면서 시호가 물었다.

"종교적인 의미가 있다고 보세요?"

"글쎄, 그건 자네들이 알아내야 하는 거고."

우 형사의 말대로 연쇄살인범이 전리품을 챙겨 간 것일까?
아니면 닥터 송의 지적대로 종교적, 제의적 의미가 담겨 있는
것일까?

시호는 눈으로 사방을 훑었다.

현장 요원들이 피 묻은 족적과 화장실 쪽에 몰려 있었다. 고
개를 돌려 반대 방향을 바라보았다. 그곳에는 먼지 한 톨 남아

있지 않은 깨끗한 다이닝 룸과 부엌이 보였다.

시호는 욕실을 등지고 반대 방향으로 걸었다. 천천히 다이닝 룸을 지나며 대리석 바닥을 눈으로 훑었다. 천연 대리석 바닥은 사람의 모공처럼 미세한 구멍들이 있어 아무리 박박 닦아내도 속에 스며든 혈흔은 지워지지 않는다. 블랙헤드로 남은 핏자국이 의자 다리 밑에 조금 남아 있었다.

시호는 조심조심 부엌으로 발걸음을 옮겼다.

검은 대리석 상판을 얹은 아일랜드 조리대가 으리으리했다. 골드 빛 개수대는 물기 하나 없이 깨끗했다. 등 뒤에서 닥터 송의 너스레가 날아들어 왔다.

"왜? 목말라? 그래도 현장에서 함부로 물 따라 마시고 그럼 안 돼."

시호를 초보 취급하는 게 그렇게 즐거운지 닥터 송이 호호호, 웃었다.

시호는 라텍스 장갑을 긴 손으로 하부장 문을 하나씩 열어젖혔다. 빌트인 시스템이라 하부장에 숨겨져 겉으로는 보이지 않았던 식기세척기가 위풍당당하게 나타났다. 스테인리스 재질의 식기세척기 문을 열자 가운데에 꽂혀 있는 고기 다짐용 망치가 보였다. 유리컵 하나도 거꾸로 엎어져 있었고 내벽에 미처 씻겨 내려가지 못한 핏물들이 맺혀 있었다.

범행도구를 식기세척기에 넣은 이유는 증거 인멸을 위해서일 것이다. 식기세척기의 삶기 기능을 이용하면 95도 이상의 고온에 DNA가 파괴되기 때문이다. 그런데 어쩐 일인지 식기세척기가 작동되지 않았다. 이건 범인이 예상하지 못한 일일 것이다. 이런 예상 밖의 증거들이 범인을 잡는 결정적인 단서가 된다.

식기세척기 안쪽으로 손을 집어넣어 배수 장치에 부착된 거름망을 조심스럽게 꺼냈다. 거름망 안에는 음식 찌꺼기 같아 보이는 살점들이 들러붙어 있었다. 거름망을 살짝 기울여 바닥에 톡톡 두드리자 열 개 남짓한 누런 치아들이 다르르, 굴러떨어졌다.

시호는 증거물 보관 비닐 팩에 피해자의 것으로 추정되는 치아들을 핀셋으로 하나씩 집어넣었다. 이게 어두운 오솔길에 뿌려진 빵부스러기처럼 자신을 범인에게 이끌어주길 바라면서 말이다.

Diary

날짜 : 2010년 3월 25일

편의점 아르바이트 일은 결국 그만뒀다. 경찰이 CCTV와 탐문으로 남자를 붙잡았지만, 그 남자는 고작 몇만 원의 벌금만 내면 된다고 담당 경찰관에게서 전해 들었다. 그 돈도 아까웠던지 남자는 수시로 찾아와 편의점 밖에서 노려보고 갔다. 가끔은 나를 향해 손가락질하기도 했다.

나는 무서웠다. 자동문 열리는 소리만 들려도 깜짝깜짝 놀랐다. 점장은 나를 병적으로 예민한 사람 취급이었다. 더는 버틸수가 없었다. 그만두겠다고 했더니 점장도 반겼다. 이번 달 임금은 급여일인 30일에 입금하겠다고 했다. 갑자기 그만두겠다고 한 것도 미안해서 알겠다고 했다.

곧 중간고사라는 핑계를 대면서 다른 아르바이트 자릴 구하는 걸 미뤘다. 하지만 알고 있다. 시급 내 능력으로 구할 수 있는 아르바이트 자리라곤 편의점밖에 없다는 걸.

며칠만이라도 쉬고 싶었다. 여행도 가고 쇼핑도 하고 싶었다.

하지만 갈 곳도 없고, 만날 친구도 없고, 돈도 없었다.

그렇다고 고속도로 건설 현장 '함바집'에서 일하고 있는 엄마 한테 불쑥 찾아가 용돈을 받아올 수도 없는 노릇이었다.

작년 '삼겹살데이' 때 한 번 찾아간 적이 있었는데, 엄마는 함바집 마당에 드럼통과 철판을 내다 놓고 온갖 농지거리를 받아 가며 인부들에게 삼겹살과 돼지껍데기를 구워주고 있었다.

그래도 다 큰 딸내미를 거친 인부들과 같이 밥을 먹게 할 순 없었는지 엄마는 함바집 뒷마당에 내가 따로 고기를 구워 먹을 수 있도록 불판을 마련해주었다.

고체 연료통 위에서 돌판이 달궈지는 걸 한참이나 바라보고 있었다. 지독한 냄새와 연기를 견디고 있자니 엄마가 냉동 삼겹 살이 든 흰 비닐봉지를 들고 나타났다. 비닐봉지에는 핏물이 흥 건하게 고여 있었다.

돌판 위에 삼겹살을 얹자 분홍 점액질이 흘러나와 부글거리 며 익어갔다. 인부들에게 구워주고 남은 삼겹살이었다.

나는 견딜 수 없어서 자리에서 벌떡 일어났다. 무엇을 견딜 수 없는지 알지도 못하면서….

발에 걸려 돌판과 삼겹살이 흙바닥에 떨어졌다. 돼지비계처

럼 흰 고체 연료가 맹렬하게 타고 있었다. 화기 때문인지 죄책
감 때문인지 얼굴이 화끈거렸다.

그 일이 있은 뒤로는 두 번 다시 엄마가 일하는 함바집으로
찾아가지 않았다. 엄마 전화를 받지 않은 지도 한참이었다.

나는 매일 도서관에 갔다가 근처 대형 마트에 가서 시간을 보
냈다. 시식 코너를 돌며 요기를 채우기도 했다.

2층 장난감 코너를 걷고 있는데 누군가 말을 걸었다.

"조카 장난감 사주려고 하는데, 뭘 고르면 좋을지 모르겠어요."

청바지에 흰 셔츠 차림의 내 또래 여자였다. 밖에 나와서도
알바생티가 난단 말인가, 그래서 나한테 묻는 걸까? 기분이 좋
지 않았다.

"여기 직원 아닌데요."

내 귀에도 내 목소리가 퉁명스레 들렸다.

"어머, 오해예요. 제 또래 여성분이 그쪽밖에 없어서 물어본
거예요. 미안해요."

둘러보니 여자의 말대로 주변엔 남자 직원 한 명만 돌아다니
고 있을 뿐이었다. 여자는 정말 심하다 싶을 만큼 사과했다. 좀
전에 볼멘소릴 한 게 미안해질 정도였다. 여자의 머리칼이 찰랑

34

거릴 때마다 기분 좋은 파우더 향이 났다.

"그, 그럼 같이 골라봐요."

"내 이름은 한제이, 올해 스물네 살이에요."

상대방이 이름과 나이를 시원스레 밝혀버리니까 내 쪽에서도 말을 안 할 수 없었다.

"아, 전 민서요. 김민서. 스물두 살이에요."

"앗, 내가 언니? 동갑이라고 생각했는데…."

여자가 큰 두 눈을 반달 모양으로 만들면서 까르르 웃었다. 얼굴도 예쁘고 목소리도 곱다.

"음, 이게 좋겠어요. 어때요? 남자애가 노란색 좋아할까?"

장난감 코너를 걷다가 멈춰 선 곳은 고급 RC카가 진열된 매대 앞이었다.

노란색 오프로드 자동차가 황무지를 달리고 있는 장면이 매대에 부착된 태블릿 PC에서 연속으로 반복 재생되고 있었다. 광고 속 노란색 오프로드 RC카의 판매가는 팔십이만오천 원이었다.

내 눈에는 노란색이든 빨간색이든 그런 건 들어오지 않았다. '825,000' 여섯 개의 숫자만 눈에 들어왔다.

"귀엽게 생겼네. RC카를 좋아해야 할 텐데."

"그럼 전 이만 가볼게요."

뒤돌아서는데 여자가 붙잡았다.

"바쁜 거 아니면 감사의 의미로 내가 바로 요 앞에서 커피 한 잔 사고 싶은데…."

잠시 어쩔까 고민이 되었다. 초면에 커피를 얻어 마시는 것도 부담스러운데. 여자는 망설이는 내 표정을 읽은 모양이었다.

"앗, 미안해요. 바쁘죠? 전 며칠 전 알바를 그만뒀거든요. 어쩜 내 생각만 했네요."

"아, 아니에요. 괜찮아요. 사실 저도 며칠 전에 그만뒀어요."

"어머, 그래요? 뭣 때문에요? 혹시 사장이 갑질하던가요?"

여자는 RC카를 내려놓으면서 멋쩍게 웃었다.

"에잇, 이거 팔만 원인 줄 알았네. 팔만 원도 비싼데, 팔십만 원? 너무 심한 거 아니에요?"

여자에 대해 오해했던 마음이 풀리면서 나는 어느새 제이라는 여자의 함께 마트를 빠져나가고 있었다.

3

광역수사대 강력 3팀의 긴급회의가 열린 건 오후 다섯 시 무렵이었다. 사건 정보를 공유하고 수사 방향을 잡기 위한 1차 회의는 이미 아침에 한차례 열렸다. 이번 회의는 상석에 앉아 있는 광역수사대 장기우 대장을 위한 보고 회의였다.

팀장인 시호를 필두로 강력팀 15년 경력의 베테랑 배영민 경사, 배 경사의 오랜 파트너인 유도 국대 출신 헬스 보이 차진웅 경장, 작년까지 언더커버로 활약했던 우근지 경장, 팀의 막내인 방이열 형사가 2열 종대로 나뉘어 마주 보고 앉았다.

전방의 화이트 스크린에는 보고서가 띄워져 있었다.

시망자 : 신영호(70세, 남성) EM 파이낸셜 대표.

가족관계 : 신태광(40세, 아들) EM 파이낸셜 부사장. 중국 출장 중인데 바로 귀국하겠다고 함.

사망원인 : 손졸림사로 인한 타살로 추정.

그 외 특징 : 둔기로 인한 안면부 손상. 발치 후 증거 인멸을 시도했음.

수사 상황 : 지문 감식 중. 피해자 집의 욕실화로 추정되는 족적 다수 발견. 인터폰 시스템 저장 파일 확보. 아파트 CCTV 녹화본 확보.

최초 발견자 : 김희령(46세, 여성) 가사도우미. 신영호 씨가 12일부터 3박 4일 마카오로 여행 갔다 올 예정이어서 귀국 날짜에 맞춰 15일 오후 4시경 방문했다가 발견했다고 함.

마지막 목격자 : 박순민(52세, 남성) 운전기사. 백기철(36세, 남성) 경호원, 최충일(33세, 남성) 경호원. 13일 밤 10시경 아파트 승강장까지 배웅했다고 함.

"EM 파이낸셜이 뭐 하는 회사야?"

경찰청장 라인이었다가 2021년 조직개편 때 '낙동강 오리알'

신세가 된 장기우 대장이 옛 영광을 되찾기 위해 현장 여기저기를 들쑤시고 다닌다는 말이 돌고 있었다. 장 대장이 나서면 풀릴 사건도 안 풀린다며 광수대 내에서 원성이 자자했다.

"제3금융권 회사로 일종의 대부업체입니다. 아들인 신태광 씨가 부사장이긴 하지만 실질적인 운영은 70세의 고령인 신영호 씨가 맡고 있었다고 합니다."

"아아, 사채? 이건 뭐, 낚싯대 걸기만 하면 줄줄이 낚여 올라오겠는데? 원한 관계가 넘쳐날 거 아냐. CCTV만 돌려봐도 금방 낚겠어."

지금까지 경찰 행정 쪽에 몸담고 있었던 장 대장은 어쩌면 막내인 방 형사나 언더커버였던 우근지 형사보다 수사 현장 쪽으론 초보일지도 모른다.

"쉽게 잡겠는데?"

"전 아니라고 생각합니다."

시호가 제 의견을 말하자 대번에 장 대장의 인상이 구겨졌다.

저크시즈 팰리스는 최고급 아파트로 최첨단의 안전 경비 시스템으로 무장하고 있어 작은 요새나 다름없었다. 모든 출입문은 사전 등록된 거주민의 지문 인식으로만 개폐된다. 엘리베이

터도 마찬가지로 지문 인식 없이는 작동되지 않는다. CCTV만 해도 중앙 출입문, 지하 출입문, 엘리베이터 안, 지하 주차장, 지상 정원에 이르기까지 수십 대가 설치되어 있다. 중앙 현관 로비에는 젊은 보안 요원들이 3인 1조로 항시 대기하며 외부인의 출입을 철저히 통제한다. 수상한 자가 들락거릴 수 없는 구조였다. 그리고 그런 난공불락의 요새를 뚫고 들어간 자가 CCTV에 찍힐 정도로 멍청할 것 같진 않았다.

게다가 원한 관계가 넘쳐나는 건 그만큼 조사 대상이 늘어난다는 뜻이고 또 그만큼 현장 업무가 과중해진다는 뜻이다.

시호는 노려보는 장 대장을 무시하고 방 형사 쪽으로 고개를 돌렸다.

"이벤트 로그 기록은 어떤가요?"

이벤트 로그 기록이란 지문 인식 도어록에 접속한 기록, 즉 현관문을 지문 인식으로 열고 들어간 기록을 말한다. 인터폰 시스템에 운영자 모드로 접속하면 쉽게 찾아볼 수 있는 자료다. 하지만 수동으로 문을 연 기록은 남지 않는다.

"보고서에 피해자의 사망일을 기준으로 3일 동안 로그 기록이 적혀 있었습니다. 한 번 보시죠."

화이트 스크린에 이벤트 로그 기록이 떴다.

이벤트 로그 기록

06. 10. AM 09 : 01. N5634669013

06. 10. PM 04 : 32. N5634669011

06. 11. AM 09 : 06. N5634669013

06. 11. PM 03 : 34. N5634669012

05. 11. PM 10 : 08. N5634669011

06. 15. PM 04 : 15. N5634669013

"이게 뭔가?"

바짝 얼은 방 형사가 장 대장의 질문에 곧바로 대답했다.

"등록된 지문은 총 3개였습니다. 9011은 사망한 신영호 씨, 9013은 가사 도우미 김희령 씨, 9012는 아들 신태광 씨의 지문입니다."

"아니, 그래서 이게 무슨 뜻이냐고?"

장 대장의 목소리에 짜증이 섞여서 시호가 나섰다.

"아들이 11일 오후 3시에 들렀다는 얘기네요. 신태광 씨는 연락됐나요?"

이번엔 차 형사가 대답했다.

"지금 중국에 있어서 전화만 연결됐는데요. 신태광 씨 말로는 아버지와 상의할 게 있어서 들렀는데 집에 안 계시더랍니다. 그 시각 신영호 씨는 운전사 박순만 씨와 경호원들하고 영양제 주사 맞으러 병원에 있던 게 확인됐고요. 그리고 아들 신태광 씨는 저녁 6시경 인천공항에서 중국으로 출국한 기록이 있습니다. 피해자 신영호 씨는 그날 저녁 동문 모임에 참석한 후 밤 10시경 귀가했고요."

우 형사가 장 대장의 눈치를 보며 핵심을 짚었다.

"그라모 11일 밤 10시 8분까지는 살아 있었다는 거네예."

장 대장이, 내가 그것도 모를까 봐 그러냐는 식으로 눈썹을 일그러뜨리며 우 형사를 노려보았다. 나서지 말라고 눈치를 확실하게 줬는데 알아차리지 못한 분위기였다.

"우 형사님, 옥상이나 도시가스 배관을 타고 창문으로 들어온 흔적은 없었습니까?"

"창문이 안에서 닫으면 탁 잠기는 자동 잠금 창호던데예. 방충망도 마 쎄리 욱쑤로 좋은 거, 도끼로 찍어도 안 뚫피는 거,

그런 거고예. 옥상에 한 번 올라가 봤거든예. 14층 중에 9층이라서 밑에서 기 올라오는 것도 위에서 기 내리가는 것도 힘들겠던데예."

장 대장이 뒷머리를 볼펜으로 긁었다. 신경질이 나면 하는 버릇 같았다. 아니면 머리가 잘 안 돌아가거나.

"그럼 범인이 문 열어 달라고 벨을 눌렀단 말이야?"

인터폰 쪽을 담당했던 방이열 형사가 얼른 대답했다.

"아, 아닙니다. 비디오 인터폰에도 녹화된 게 없었습니다. 벨을 누르면 비디오 인터폰이 자동으로 켜지거든요."

비디오 인터폰인 경우, 초인종을 누르면 기기에 내장된 카메라가 자동으로 녹화하여 시스템에 저장한다. 즉, 범인은 초인종을 누르지 않았다는 뜻이다.

장 대장이 눈을 동그랗게 떴다.

"그럼 가해자가 현관문을 두드리는 소릴 듣고 피해자가 문을 열어줬다는 거야?"

"면식범일 가능성이 높겠네요."

시호는 차 형사를 바라보며 말을 이었다.

"CCTV 쪽은 어떻게 됐습니까? 뭐 건진 거 없습니까?"

차 형사가 한껏 고무된 목소리로 말했다.

"한 달 치 확보해서 저크시즈 팰리스 거주자분들하고 근로자분들하고 그 외 택배원이나 음식 배달원까지 확인했습니다. 근데 CCTV상으론 딱히 수상한 사람은 없었습니다."

보고할 것이 더 없었던 차 형사가 멋쩍은 미소를 지었다.

"배 형사님이나 우 형사님이 한 번 더 크로스체크하세요."

타살은 분명하다. 그러나 현관문에는 강제 침입의 흔적이 없다. 아파트 위나 아래에서 침입했을 가능성도 적다. 무엇보다 창문은 밖에서 열 수 없는 구조이며 벨을 누르지도 않았다. CCTV에도 낯선 자는 보이지 않았다.

"뭐야, 이거 밀실 살인이야?"

장 대장이 볼펜으로 뒤통수를 신경질적으로 긁어댔다. 눈치 없는 우 형사가 푸하, 하고 웃었다.

"대장님, 추리소설 옥쑤로 좋아하는가 보네예. 세상에 밀실 살인이 어딨습니꺼? 살인 후 밀실로 만들었겠지예."

다른 형사들이 상 내상의 안색을 살폈다. 차 형사는 일른 과수팀의 수사 상황을 꺼냈다.

"식기세척기 안에서 발견한 치아들과 뒤쪽 호스에서 나온 상

피세포에 대해 DNA 감정 요청했습니다."

"요새는 DNA 감정이 90분 만에 나온다고 하던데."

장 대장이 고무된 표정으로 말했다.

"그렇겠죠. 근데 국과수에서 우리 것만 감정하진 않잖아요? 그러니까 2일에서 3일 걸린다고 봐야 합니다."

시호의 설명에 장 대장이 입을 삐죽거리면서 고개를 끄덕였다. 차 형사가 말을 마저 이었다.

"아파트 전체 복도와 계단, 정밀 2차 감식 요청했고요. 계단까지는 모르겠는데, 각 층 손잡이하고 승강기에 루미놀 뿌리는 것 때문에 아파트 관리소에서 반대가 극심합니다."

아파트 관리소에서 반대한다는 이야기는 귓등으로 들었는지 장 대장이 갑자기 우 형사 쪽으로 고개를 돌리더니 시비조로 물었다.

"그럼 추리소설 안 읽는 우 형사가 밀실 수수께끼 한번 풀어 보든가."

역시 소문대로 뒤끝 있는 장 대장이다.

"피해자가 문을 열어주지 않아도 그 집에 들어갈 방법이 있습니다."

화제를 전환하려는 시호의 말에 장 대장이 반색했다.

"그래? 3대째 경찰 집안 출신이라고 낙하산으로 그냥 꼽힌 줄 알았는데, 아니었네?"

장 대장은 웃으면서 뺨 때리는 재주가 있는 사람이구나, 하고 시호는 생각했다. 자신은, 뺨은 때려도 웃는 재주는 없는데….

시호가 3대째 경찰 집안에, 낙하산 소릴 듣게 된 건 희소병으로 아들을 잃고 시름에 빠진 강규식 형사 부부에게 입양된 덕분이었다. 양아버지는 사건의 진상을 밝혀내기는커녕 동생의 시신조차 수습해주지 못했다고 임종 때까지도 미안해했다.

그날 갑자기 심해진 너울에 선착장에 묶여 있던 배가 휩쓸려 사라졌다. 시호는 그날의 기억을 대부분 잃었기 때문에 그 사건의 유일한 증거는 이제 그녀의 등판에 새겨진 시체꽃 문신뿐이었다. 그래서 병원에서 레이저로 지울 수도 있었지만, 지우지 않았다.

"범인이 무슨 수로 들어갔단 말이지?"

시호의 신경을 잡아끄는 건 밀실이 아니라 다른 거였다.

피 묻은 족적과 욕실화, 사라진 얼굴과 식기세척기 속의 치아들, 과잉적인 폭력과 냉정한 뒤처리. 단서들은 서로 다른 방향을 가리키고 있었고, 그것들의 난반사에 실체적 진실이 가려지고 있었다.

"법원에 금융자료제공 명령 신청해 놨거든요. EM 파이낸셜의 자료를 받아봐야 뭔가 확실해질 것 같습니다. 그때 말씀드리겠습니다."

"왜? 난 지금 궁금한데?"

시호는 속으로 혀를 찼다. 보고하라고 현장에 있던 형사들을 불러들일 정도로 장 대장은 세상만사 자기중심적인 사람임에 틀림이 없었다.

"현장에 나타나는 특징이 서로 부딪혀서 가해자의 성별을 특정하는 것조차 힘든 상황입니다."

"공범이 있나?"

"그럴 수도 있지만 대체로 살인사건은 단독범인 경우가 많죠. 비밀 유지도 힘들고요. 접근하는 사람이 두 명이면 피해자도 긴장하게 되고요. 아, 혹시 전화 제보 또 온 건 없나요?"

막내인 방 형사가 고개를 푹 숙였다.

"죄송합니다. 제가 진짜 얼결에 우 형사님 자리 전화를 받아서…."

작년까지 언더커버로 활동했던 우 형사에게 온 전화였다고 한다.

방 형사가 전해준 통화 내용은 이러했다. 신원 미상의 발신자가 EM 파이낸셜 부사장 신태광의 악행에 대해 제보할 게 있다고 했다는 것이다. 구체적인 정황을 물어보려고 하자 전화가 끊어졌다고 한다.

발신 번호를 추적한 결과 공중전화였고 전화 부스를 찍고 있는 CCTV도 없어 추적이 힘들었다. 지문이나 DNA 검사 영장을 발부할 근거가 없었으므로 제보자를 뒤쫓는 조사는 거기서 일단락되었다.

완전히 무시할 수 없는 제보라서 시호는 EM 파이낸셜 부사장인 신태광에게 연락을 취했다. 하지만 신태광은 중국에 머무를 때가 많았고 한국 내에서의 거주지가 불분명해 연락조차 닿기 힘들었다. 게다가 소문에는 대여섯 명의 경호원과 함께 움직이기 때문에 약속 없이 찾아갔다가는 접근조차 할 수 없단 이야기를 들었다. 그러던 와중에 신태광의 부친인 신영효가 살해당한 것이다.

"질책하는 거 아니니까 사과하지 말아요."

"그래, 막둥이 마, 인자 고마 신경 꺼뿌라. 미안해하지 말고. 그런 거짓 제보 전화 천지삐까리로 온다."

우 형사 말대로 거짓 제보 전화를 받을 때도 많다. 일그러진 숯검정 눈썹이 펴졌다. 하지만 시호에겐 이것부터 잘못 채워진 첫 단추인 것만 같았다. 누군가 일부러 신태광에게 주목하게끔 만든 게 아닐까.

"대장님, 이만 2차 회의를 마쳐도 될까요? 본격적인 수사에 들어가야 뭔가가 나와도 나올 것 같습니다만⋯."

떨떠름한 표정으로 장 대장이 고개를 끄덕였다. 시호는 팀원들을 향해 언성을 높였다.

"일단은 원한에 의한 면식범의 소행일 가능성에 무게를 더 주고 조사해주세요. 아파트 전체 세대와 아파트 내에 출입하는 사람들 모두 탐문하시고요. 아직 과수팀 쪽에서도 뭔가 나온 게 없어서 죄송하지만, 지금은 발로 뛰는 원시 수사를 지시할 수밖에 없네요. 조금이라도 이상한 점 있으면 저하고 공유하시고요. 이만, 신영호 씨 살인사건에 대한 2차 회의를 마치겠습니다."

시호가 보고서 뭉치를 정리하며 자리에서 일어났다.

"강 팀장, 저녁 먹으러 가야지?"

벽시계를 올려다보니 시각이 벌써 여덟 시를 넘어가고 있었다.

"아, 죄송합니다. 저희 팀은 사건 해결될 때까지 밥 같이 안 먹습니다."

"아니, 왜? 내가 삼겹살에 소주 한잔 쏠 테니까."

시호와 일 년 넘게 합을 맞췄던 배 형사가 입을 뗐다.

"에이, 대장님. 보디 백 나가는 거 본 지 하루도 안 지났습니다. 다 같이 밥 먹고 술 마시다 보면 웃고 떠들게 될 건데 그러면 망자에 대한 예의가 아니잖아요?"

"저는 구내식당에서 저녁 먹고 현장에 다시 가보려고 합니다."

더는 회식 같은 거 권하지 말라는 식으로 시호가 쐐기를 박았다. 장 대장의 술버릇이 나쁘다는 소문이 돌고 있기도 했다. 이쪽에서 먼저 조심한다고 나쁠 건 없지 않을까. 아무리 직속상관이라 해도 시호에겐 웃으며 술버릇을 받아넘겨 줄 요령이 없었다.

"현장에는 와요? 깜깜할 낀데예."

어젯밤에는 현장감식 요원들에게 현장을 내줄 수밖에 없었다.

"사건 발생 시간내에 가서 살펴보는 현장은 다르니까요. 승강기 CCTV에 범인이 안 찍혔다고 하니까 이번엔 계단으로 한 번 올라가 보려고요."

"9층까지요?"

배 형사가 고개를 절레절레 흔들더니 갑자기 입을 쩍 벌리면서 하품을 했다.

"아이고, 저는 밥도 싫고 그냥 숙직실에서 한숨 때릴랍니다."

차 형사는 외투 안주머니에서 단무지만 한 프로틴 바를 꺼냈다.

"전 몸 만들고 있어서…. 막둥아, 근데 네가 나 대신 좀 많이 먹어주라. 대리만족하게."

차 형사가 막내 방 형사의 어깨에 팔을 둘렀다. 장 대장은 헛기침하며 상석에서 일어났다.

"그럼 다들 수고해. 다음 회의는…."

시호가 장 대장의 앞을 가로막았다. 이렇게 열정적으로 수사 지휘를 하려고 드는 걸 보니 현장에도 직접 가봐야 하지 않을까?

"대장님 저하고 같이 가시겠습니까? 아직 특수 청소 전이라서 현장에 핏자국하고 살점들이 고스란히 남아 있습니다."

장 대장이 고개를 세차게 흔들었다.

"아, 아니. 저녁에 약속 있는 걸 내가 깜빡했네. 구내식당에서 식사 잘해. 육천 원치곤 잘 나오더라고."

시호는 회의실을 나가는 장 대장을 향해 머리 숙여 정중하게
인사했다.

가끔은 내가 일란성 쌍둥이가 아닐까 생각한다. 가난한 우리
부모가 나와 내 쌍둥이를 보육원에 버렸고, 그래서 우린 각각
다른 집으로 입양된 게 아닐까.

이렇게 유리 벽 하나를 사이에 두고, 행인들이 지나다니는 거
리를 바라보고 있자면 내 절반이 뚝 떨어져 나가고 없는 것처럼
사무치게 외로워진다. 저기 어딘가에 내 반쪽이 춥게 헤매고 있
다는 기분이 든다.

커피숍 창가에 턱을 괴고 앉아 제이 언니를 기다렸다. 두 번
째 만남이었다. 심심하면 습관적으로 스마트폰으로 SNS 친구들
에게 '좋아요'를 누른다. 아프다는 피드에는 '얼른 낫길 기도할

게.' 따위의 댓글을 단다.

기도라니, 나 자신을 위해서도 기도해 본 적 있었나?

그때 갑자기 제이 언니가 내 스마트폰을 낚아채 가져갔다.

"어? 언니, 왜 그래요?"

"이런 가짜 세상에서 빠져나와."

"아…."

언니는, 뭐라 대답해야 할지 몰라 멍하니 언니의 얼굴만 올려다보고 있는 나를 일으켜 세웠다.

"내가 진짜 세상을 알려줄게."

그렇게 언니를 따라간 곳은 재래시장 옆 공터에 열린 프리마켓이었다.

택시에서 내릴 때까지만 해도 시장 입구의 을씨년스런 분위기에 프리마켓이 열리고 있는 게 맞나 의심스러웠다. 하지만 좁디좁은 시장 골목으로 들어서자 색색의 조명을 켠 간이 가판대들이 즐비하게 늘어서 있는 게 아닌가. 나는 소풍 온 아이처럼 마음이 달뜨고 신났다.

제이 언니는 열대여섯 개의 점포 중에 유독 노랗게 빛나는 천막을 찾았다. 천막 입구에는 〈결식아동을 위한 창시관음 청년단〉

이라는 플래카드가 걸려 있었다.

흰 셔츠와 검은색 바지를 입은 단정한 옷차림의 여자 두 명이 마주 보고 앉아서 비즈 공예를 하고 있었다. 반짝거리는 흑옥을 실로 꿰고 있었다. 요리조리 실을 꿰다가 한 번 잡아당기자 만 (卍)자 모양의 펜던트가 완성되었다. 나는 신기해서 어린아이처럼 박수를 쳤다.

"왔어? 누구?"

펜던트를 만들고 있던 단발머리 여자가 나를 바라보며 눈을 반짝였다. 나는 살면서 그렇게 새까맣고 찰랑거리는 단발머리를 본 적이 없었다. 오른쪽 볼에는 예쁜 보조개가 패었다.

"내가 정말 좋아하는 동생."

제이 언니가 내 팔에 팔짱을 끼면서 그렇게 말해줘서 내심 기뻤다.

"그래?"

단발머리의 여자도 내 팔짱을 끼면서 말했다.

"그럼 내 동생이기도 하지."

다른 여자가 자리에서 벌떡 일어나더니 자신이 만들고 있던 비즈 목걸이를 내 목에 걸어주었다.

"마침 잘 됐다. 우리가 만든 목걸이 누가 좀 목에 걸고 시장 안을 돌아다녀 주었으면 했거든? 프리마켓 끝나면 그냥 가져가도 돼요."

나는 환하게 웃고 있는 얼굴과 반짝거리는 목걸이를 번갈아 보았다.

"네? 정말요?"

이런 귀한 수공예품을 처음 보는 내게 선물해주다니 너무 고마웠다. 그런데도 제이 언니는 미안해 죽겠다는 표정을 짓고 있었다.

도대체 이 사람들은 뭘까? 왜 이렇게 나한테 잘해주는 걸까?

제이 언니가 '창시관음 청년단'이라고 적힌 노란색 조끼를 들고 흔들었다.

"이런 촌스러운 옷을 입게 해서 미안해."

"괜찮아요, 언니."

"그럼 나하고 시장 한 바퀴 돌까?"

우린 촌스러운 노란색 조끼를 입고 웃으며 재래시장 안을 활보하고 다녔다.

신기했다. 우리가 시장 안을 돌아다니면서 웃고 떠드는 것만으로도 시장경제가 활성화된다는 것이 놀라웠다. 편의점 안에서는 어리다고 무시당했는데 이곳에선 그게 도움을 줄 수 있는 것이라니.

닭산적을 파는 푸드 트럭 앞을 지나는데, 철판에서 불길이 치솟았다. 언니와 나는 기분 좋은 비명을 질러댔다.

"제이야, 가져가서 먹어."

푸드 트럭에서 일하는 가무잡잡한 얼굴의 남자가 닭산적 두 개를 제이 언니에게 건네주었다. 그도 '창시관음 청년단'이라고 찍힌 노란색 조끼를 입고 있었다.

언니가 건네받은 닭산적을 내게 주며 말했다.

"재래시장 활성화를 위해서 여는 프리마켓이잖아. 그래서 우리도 푸드 트럭을 빌려서 여러 가지 먹거리를 팔고 있어. 수익은 당연히 불우한 이웃들을 돕는 데 쓰고."

시장 안 골목을 청소하고 빈 가게들을 수리해 새로 칠한다고 해서 죽었던 상권이 활성화되진 않는다. 볼거리, 먹거리, 놀거리가 많아야 상권이 살아난다는 것이다. 시장 상인들이 할 수 없는 부분을 청년단에서 채워주고 있다고 했다. 시장 상인들도 처음엔 종교 단체에서 나왔다고 싫어했는데 지금은 좋은 뜻으로 좋은 일을 하는데 종교가 무슨 상관이냐며 더 반겨준다고 했다.

"진짜 다들 대단해요."

"대단하기는…. 한 달에 한 번 영화 보러 가는 거 대신 이 행사에 참여하고 있어. 누군가를 돕는다는 거, 별거 아니더라고. 즐기면서 하는 거야. 즐기면서."

남을 돕는다는 것, 그런 건 진짜 거창한 일인 줄 알았다. 거짓말 아니고 나 살기 바빠서 남을 돌아다볼 여력이 없었다. 그런데 이런 방식으로도 남을 도울 수 있단 말인가.

시각이 자정에 가까워지자 시장 내에 불 꺼진 가게들이 하나둘씩 늘어났다. 어느덧 파장이었다. 그러나 지금부터 시작인 곳도 있었다. 비즈를 만들던 언니들과 푸드 트럭에서 일했던 오빠들이 모여 시장 공터에서 밴드 공연을 펼쳤다.

밴드에서 연주하고 부르는 노래 중에 아는 노래가 한 곡도 없었다. 하지만 가만히 듣다 보니 나도 조금씩 따라부르게 되었다. 나중에는 다 함께 같은 노래를 부르고 있었다. 설명할 순 없지만 기분이 이상했다. 몰랐던 노래가 함께 연주되고 함께 불리면서 나의 노래가 되었다.

끝나고 나서 나는 제이 언니의 손에 이끌려 뒤풀이라는 것에도 참석했다. 내가 다니는 3년제 대학은 이런 낭만적인 문화가 없었다. 모든 과목이 취업을 위해 개설되었고 학생들도 1학년 때부터 취업 준비로 바빴다.

팔다 남은 음식을 안주 삼아 캠프파이어를 하며 다 같이 막걸리를 나눠 마셨다. 장작이 없어서 캠핑용 고체 연료가 캠프파이어 대신이었다. 커다랗고 네모난 깡통 속에서 치솟는 불길이 꿈틀거렸다.

취기 때문인지 나는 편의점에서 나무 작대기로 맞았던 이야기를 꺼내 놓았다.

"나도 비슷한 경험 있어."

단발머리 언니의 이름은 리아였다.

"버스를 탔는데, 참 나, 지금 생각해보니 만원 버스도 아니었네. 버스 안에서 그 흔한 그거 있잖아?"

리아 언니는 입에 담기도 더럽다는 듯 뜸을 들이다가 말을 이었다.

"성수행 날이야. 내가 소릴 지르면서 버스 아저씨한테 지금 경찰서로 가자니까 성추행범이 내 뺨을 때리더라고. 말문이 막혀서 멍하니 서 있었더니 다음 코스에서 그 새끼가 바로 내려버리는 거야. 따라가기도 무섭고 버스 안에 남아 있기도 창피했어. 계속 멍하니 서 있는데 기사 아저씨가 그러더라. 아가씨가 뭐 잘못 느낀 거 아니냐고. 말도 웃기지? 잘못 느낀 게 뭐야? 잘못 과 느낌이 붙으니까 왜 그렇게 이상하게 들리냐? 근데 그걸 어떻게 잘못 느낄 수 있겠어? 성추행범이 내 엉덩이를 꼬집었는데. 어찌나 세게 꼬집었는지 맞은 뺨보다 엉덩이 꼬집힌 게 더 아팠단 말이야."

"뭐? 요즘 세상에 아직도 그런 놈들이 있단 말이야?"

닭산적을 팔던 가무잡잡한 피부의 욱이 오빠가 자리에서 벌떡 일어났다.

"아이고, 요즘 세상이 어떤 세상인데? 십 년 전하고 하나도 바뀐 게 없네요. 오히려 범죄율만 더 올라간 거 아니?"

티격태격하는 두 사람 몰래 제이 언니가 나를 자기 쪽으로 끌어당겨 안아주었다.

"진짜 힘들었겠다. 아팠겠다. 속상했겠다."

따뜻한 손이 내 등을 토닥여줬다.

그때 갑자기 우악한 두 팔이 제이 언니와 나 사이를 파고들었다. 욱이 오빠였다. 욱이 오빠는 굳이 언니와 나 사이로 엉덩이를 비집고 들어왔다.

"엄동 스님이 너 찾더라."

욱이 오빠의 말에 제이 언니의 안색이 창백해졌다.

"왜요?"

"영 결혼식 때문인 것 같던데?"

욱이 오빠가 제이 언니의 어깨에 팔을 두르며 헤벌쭉 웃었다.

그러자 제이 언니가 욱이 오빠의 팔을 천천히 떼어냈다.

"우리 공동체에선 이제 결혼할 사람 없잖아요. 리아하고 오빠

가 마지막이잖아요."

"리아 언니하고 욱이 오빠하고 결혼했어요?"

나는 불길 건너편에 앉아 있는 리아 언니를 쳐다보며 물었다.

욱이 오빠가 껄껄거리며 웃었다.

"원래는 나하고 제이랑 사귀는 사이였잖아. 그런데 영 결혼식

은 사주단자 넣어서 맞는 사람하고만 할 수 있어서 리아하고 나

하고 결혼하게 됐지."

리아 언니의 얼굴이 고체 연료통에서 뿜어져 나오는 화염처

럼 일렁였다. 두 눈동자 속에서 불티가 튀어 오르는 게 보였다.

눈치 없는 욱이 오빠가 다시 제이 언니의 어깨에 팔을 둘렀다.

"그럼 제이 언니도 원하지 않는 사람하고 결혼할 수도 있단 말이에요?"

제이 언니가 욱이 오빠의 팔을 뿌리치며 내 팔뚝을 붙잡아 일으켜 세웠다.

"넌 신경 안 써도 돼. 우리 공동체에선 이제 결혼할 오빠들도 없어. 지하철 끊길 때 다됐다. 내가 역까지 데려다줄게."

가는 길에 영 결혼이 뭐냐고 물었더니, 깨끗이 정화된 영들끼리 결혼하는 거라고 제이 언니가 말해줬다. 결혼하면 여자는 더 럽혀지니까 그 전에 깨끗한 영일 때 결혼을 시키는 거라고도.

영 결혼식을 올린 두 사람이 서로 마음에 들면 가정을 꾸릴 수도 있고 아이도 낳을 수 있다고 했다. 아이는 완전히 순수한 존재이기 때문에 태어나자마자 '하늘 세상'에 들어갈 수 있고 거기에서 스님들과 보살님들의 보살핌을 받으며 티끌 하나 없이 깨끗한 존재로 자란다고 했다.

"하늘 세상은 뭐예요?"

"세상에 더럽혀지지 않은 사람들, 순수한 사람들, 번뇌와 세속의 굴레를 모두 벗어던진 사람들만 들어가 살 수 있는 작은 마을이야. 그곳은 굶주림도 가난도 범죄도 없는 곳이지."

그날 지하철 입구에서 헤어질 때까지 언니와 나는 손을 잡고 있었다.

"모두 다 같이 행복하게 사는 하늘 세상으로 가는 게 내 꿈이야. 근데 그러기엔 아직 내가 많이 모자라서 지금은 밖에 있는 공동체에서 생활하고 있어. 이것도 나쁘진 않아. 셰어하는 기분이지, 뭐. 우리 또래들만 모여서 살거든. 매일매일 신나고 재밌어."

고시원으로 돌아온 뒤에도 내 손에서 제이 언니의 향기가 났다. 아기 살내음과 비슷한 파우더 향이었다.

언니의 길고 가느다란 손가락이 내 손가락에 끼워지던 느낌이 생생했다.

아, 언니하고 좀 더 같이 있고 싶다. 20대만 모여서 생활한다는 그 공동체가 궁금했다. 나도 언니하고 같이 살고 싶어졌다.

4

구내식당에 가지는 않았다. 수사가 시작되면 늘 단식에 가까울 정도로 식욕이 없어진다. 회의를 마치자마자 시호는 주차장으로 가 자신의 애마인 은색 지프 랭글러에 올라탔다.

건설사 사장이 무진시 시장과 건설과 공무원들에게 수십억 원의 뇌물을 먹여서, 주거시설을 지을 수 없는 해안가 기암절벽 위에 세운 최고급 아파트가 바로 저크시즈 팰리스다.

경찰청 주차장에서 출발할 때까지만 해도 보슬보슬 내리던 비가 강변을 따라 해안로로 접어들자 점차 굵어지기 시작했다.

무진의 바다는 안개의 바다다. 수시로 해일처럼 밀고 들어온다. 아주 천천히 움직이면서 순식간에 모든 걸 뒤덮는다. 강물이 먼저 안개 속으로 빨려 들어갔다. 도로도 얼마 못 가 안개와 합류했다.

해가 나고 바람 방향이 바뀌기 전에는 사람의 힘으론 어찌할 수가 없다. 이대로 차를 몰고 가다간 기암절벽 아래로 추락할지도 몰랐다. 시호는 갓길에 차를 세웠다. 안개가 점멸하는 비상등을 지우고 차체를 집어삼켰다. 순식간에 차 내부는 한 치 앞도 보이지 않는 안개의 감옥으로 변했다.

손바닥이 아릴 정도로 핸들을 꽉 쥐었다. 이마에 식은땀이 맺혔다.

20년 전 그날의 감옥이 눈앞에서 되살아났다. 어린 여자아이가 자리에서 일어나면 머리가 닿을 만큼 좁디좁았던 그곳이.

1평 남짓한 밀실을 밝히는 건 작은 알전구 하나뿐이었다. 흔들리는 알전구의 빛이 날달걀처럼 비릿했다.

천장에서 알아들을 수 없는 외국말이 들려왔다. 서로 싸우는 것 같기도 하고 술에 취해 떠드는 소리 같기도 했다. 거친 발소리가 파도 소리를 짓이겼다.

"무서워."

여동생이 언니의 팔을 꼭 껴안았다.

"괜찮아. 지금 엄마, 아빠 만나러 가는 거라잖아. 조금만 참아."

"그래도…."

그때 작고 하얀 손이 노란 광원 속으로 쑥 들어왔다.

"야, 이거 봐라."

씩씩한 남자아이였다. 고사리손 안에 우주함대 선장 면허증이 있었다. 금박으로 된 테두리에 빨간 로고까지, 꽤 비싸 보였다.

"와아."

동생이 탄성을 내뱉었다. 잠깐이라도 동생의 무서움을 몰아내 줘서 남자아이한테 고마웠다.

"너 가져. 난 없어도 돼. 그런 거 없어도 난 우주함대 선장이니까."

그때 머리 위에서 눈이 시릴 정도로 환한 햇살이 쏟아져 내렸다.

"도착했다. 나와! 꾸물거리지 말고 빨리 나와!"

선원이 호통치며 우악한 손으로 남자아이의 뒷덜미를 붙잡아 끄집어 올렸다. 바둥거리는 아이의 몸뚱이가 밖으로 달려 올라갔다. 탁, 하고 천장 덧문이 닫혔다. 남자아이가 악을 쓰며 소릴 질러댔다.

"언니…."

팔뚝이 따가울 정도로 동생이 언니의 팔을 꼭 붙잡았다.

우주함대 선장 면허증이 바닥에 떨어져 있는 게 보였다.

시호는 눈을 떴다. 또다시 그 꿈을 꾸었다. 살아생전 마지막
으로 보았던 동생의 모습이었다.

폐소공포증을 극복한 줄 알았는데 가끔 이렇게 무진의 안개
처럼 무턱대고 밀고 들어올 때가 있다. 그럴 땐 그냥 버티는 거
다. 모래바람이 지나가길 바라며 낙타와 몸을 묶는 사막의 여행
자처럼 경찰이라는 자의식에 필사적으로 매달리면서.

"엄마 아빠 얼굴은 기억나니?"

심리 치료사의 질문에 어린 시호는 고개를 가로저었다. 선택
적 해리성 기억상실이라고 했다. 이름을 지우는 지우개라도 머
릿속에 들어 있는 건지 동생의 이름도, 엄마 아빠의 이름도, 시
호 자신의 이름도 기억나지 않았다. 하지만 그들의 얼굴은 또렷
하게 기억하고 있다.

아빠는 늘 밥 대신 막걸리를 마셨고, 으레 어린 자매를 때리
면서 일과를 끝냈다. 그 때문인지 엄마는 어디를 가든 어린 자

매를 끌고 다녔다.

처음엔 '떴다방'엘 드나들었는데 거기서 알게 된 어떤 양복쟁이 아저씨가 엄마에게 '민마발이 하우스장'에서 일하게 해주었다. '민마발이'란 도리짓고땡을 하는 선수들에게 돈을 거는 경마식 도박판을 뜻한다. 거기서 엄마는 어떤 약물을 탄 박카스를 팔았다. 마시면 잠도 안 자고 밥도 안 먹어도 되는 약이라고 했다. 하지만 어린아이들의 심장은 쉽게 터져버리기 때문에 절대로 마시면 안 된다고 신신당부했다.

술에 취해 마누라와 자식들을 찾으러 온 아빠는 그 길로 도박장에 눌러앉아버렸다. 돈을 조금이라도 따면 그 돈으로 박카스를 사서 마셨다. 그러면 땄던 돈도 몽땅 잃었다. 나중에는 돈을 빌려서라도 박카스를 사서 마시게 되었다. 그런 아빠 때문에 엄마는 속상해서 박카스를 마셨다. 그리하여 어린 자매는 엄마 아빠에게 잊혔다.

개미지옥 같은 민마발이 하우스장, 생각하기조차 싫다.

늘 배고파하던 동생의 얼굴이 눈앞에 생생하다. 비쩍 말라 뾰족한 턱, 툭 불거진 두 눈, 콧잔등 위의 주근깨, 부드럽고 힘없는 갈색 머리칼…. 동생을 떠올리면 끝에는 여지없이 동생의 시신도 떠오른다.

안개가 걷혔다. 기암절벽 위에 우뚝 솟은 저크시즈 팰리스가 위용을 드러냈다. 지척이었다. 시호는 지프를 출발시켰다.

첫 번째 관문은 지하 주차장 입구였다.

미등록 차량 번호라는 안내음과 함께 자동차 출입 바가 올라가지 않았다. 젊은 보안 요원이 초소 창문을 열고 시호에게 차창을 내리라고 손짓했다. 시호가 차창을 내리며 목에 걸고 있는 경찰 공무원증을 들어 보였다. 그제야 출입 바가 올라갔다.

어디론가 전화를 거는 보안 요원을 뒤로하고 시호의 지프가 주차장 안으로 들어갔다.

아파트 지하 출입구에 배불뚝이 보안 팀장이 나와 있었다.

"아니, 이 시각에 연락도 없이…."

"앞으로도 연락할 일 없습니다."

시호 때문에 당황한 게 분명한 보안 팀장이 허둥지둥 앞장섰다.

"아, 그럼 제가 인내를…."

지하 출입문도 지문 인식으로 열리는 것이었다. 보안 팀장이 키패드에 두툼한 엄지를 갖다 대자 자동문이 스르륵 열렸다.

금장으로 장식된 지하 로비는 손자국 하나 없이 번쩍번쩍 광이 났다.

승강기를 움직이는 데에도 보안 팀장의 지문이 필요했다.

"같이 계단으로 가시죠."

시호의 말에 보안 팀장이 가느다란 두 눈을 동그랗게 치떴다.

"아니, 왜요?"

"그럼 손가락이라도 잘라 주시려고요?"

볼살을 떨며 보안 팀장이 회색 방화문 옆 키패드에 엄지를 갖다 댔다. 철컹, 소리와 함께 회색 방화문이 안쪽으로 살짝 밀려들었다.

층계참은 깜깜했다. 시호가 어둠 속으로 한 발 내딛자 센서등에 불이 들어왔다.

"층마다 지문 인식으로 열리나요?"

"그랬다간 큰일 납니다. 화재 시 주민들이 빠르게 계단으로 대피해야 하니까요. 지하하고 옥상에만 키패드가 달려 있는데 이것도 밖에서 안으로 들어갈 때만 인식하는 거고요. 안에서는 자유롭게 문을 열고 나올 수 있습니다."

한 번에 두 계단씩 올라가던 시호는 3층 층계참에 서서 뒤돌아보았다.

"혹시 901호하고 말썽 일으킨 세대는 없었습니까?"

어느새 몇 계단 아래에 서 있게 된 보안 팀장이 올챙이배를 들썩이며 숨 고르기를 했다.

"저크시즈가 무슨 뜻인지 아십니까? 페르시아 왕 이름입니다. 크세르크세스 1세. 돈만 있다고 들어올 수 있는 곳이 아닙니다. 왕의 품격과 명예를 갖춰야만 들어올 수 있는 곳이지요."

"그렇군요."

시호는 가볍게 계단을 뛰어 올라가며 말을 이었다.

"그런데 그 왕이 살라미스 해전에서 그리스에 패했죠."

멍하니 서서 위쪽을 올려다보던 보안 팀장이 정신을 퍼뜩 차렸다.

"아, 아무튼 그런 일은 절대 없습니다."

"801호는 어떻습니까?"

"유명한 제분 회사 따님 부부가 살고 계십니다."

"신혼부부인가요?"

"아, 이제 아기가 있으니까 신혼부부라고 하긴 좀 그럴까요?"

6층 층계참에서 더는 못 가겠다며 보안 팀장이 벽에 기대며 헐떡거렸다. 시호는 벌써 8층까지 올라가 있었다.

"소장님은 이만 돌아가셔도 됩니다. 저 혼자 가겠습니다."

시호가 계단 손잡이 너머로 고개를 비죽이 내밀면서 말했다. 그러자 해맑게 웃는 보안 팀장의 얼굴이 나타났다.

"아, 그럼 그러실래요?"

"801호에서 층간소음이라든지 항의한 적이 한 번도 없다고요?"

돌아가고픈 마음이 큰 것 같았던 보안 팀장이 얼른 대답했다.

"사실은 예전엔 안 그랬는데 801호 사모님께서 아기 때문에 조금 예민해지셨습니다. 아주 살짝요."

"어떤 부분에서요?"

"901호엔 신영호 대표 이사님과 도우미 아주머니 딱 두 분만 사시거든요. 그것도 도우미 아주머니가 붙박이는 아니라서 밤이면 이사님 혼자 계시는데, 아무리 봐도 밤마다 몇 시간씩 러닝 머신에서 달리기엔 이사님 나이가 좀 많지 않을까요?"

"아, 근데 비상계단엔 왜 CCTV가 없나요?"

"한 층에 한 가구밖에 없는데 엘리베이터 문이 열리면 안에 있는 CCTV가 층계참까지 다 비추니까요. 그리고 사실 저 크시즈 거주자분들은 사생활 침해에 아주 민감하세요."

"알겠습니다. 근데 내려갈 땐 승강기를 타야겠는데요."

그 말인즉슨 시호와 함께 9층까지 뛰어 올라가야 한다는 것임을 깨달은 보안 팀장이 말을 더듬거렸다.

"제, 제가 지병이⋯ 비만도 고위험군인데⋯."

"네, 아주 위험해 보이세요. 그럼 그냥 내려가시죠. 저는 나중에 계단으로 내려가겠습니다."

"팀장님, 퍼뜩 올라오이소."

위쪽이었다. 올려다볼 필요도 없었다. 눈치 없이 해맑은 사투리를 들어보니 우근지 형사였다. 우 형사가 901호 옆에서 기다리고 있었다.

"와 그리 혼자 돌아댕깁니꺼?"

동생을 잃고 혼자 된 시호는 어렸을 때부터 온전히 자신의 삶을 살아가고 있다는 생각이 들지 않았다. 누군가의 삶을 대신 살아내고 있다는 느낌마저 들었다. 그래서 그런지 타인과 관계를 맺는 게 힘들었다. 힘들다기보다 애초에 불가능한 것 같았다. 스스로가 자기의 일상생활과 감정에 괴리감을 느끼는데 어떻게 타인과 제대로 된 관계를 맺을 수 있겠는가. 그래서 시호는 매사에 혼자 돌아다니는 게 편하다. 수사할 때도 마찬가지다.

"여긴 어떻게 올라왔죠?"

"어떠케는 무슨 어떠케예? 엘리베이터 타고 올라왔는데예. 팀장님하고 소장님 먼저 올라갔다 카니까 전 고마 패쓰던데예."

언더커버 출신이라 그런지 우 형사는 현장에서 순간순간 재치를 발휘하곤 했다.

"저하고 같이 들어가죠."

잠금장치가 부서진 901호 현관문을 열고 시호가 앞장서서 들어갔다. 전실까지 악취가 마중 나와 있었다. 특수 청소 전이었고 미세 증거가 날아갈까 봐 창문도 열어놓지 않았을 것이다. 온갖 약품 냄새와 뒤섞인 악취 때문에 두통이 일어날 지경이었다.

"나가세요."

"예에? 와예? 이 정도 냄시는 개안십니더. 끄떡없십니더."

"나가서 현관문 좀 두드려 보세요."

"아! 씨게예?"

"아뇨, 약하게 하다가 점점 세게요."

우 형사가 멋쩍게 웃으며 현관문 밖으로 나갔다.

시호는 양쪽으로 일본식 정원처럼 꾸며진 전실을 지나 중문을 열고 실내로 들어갔다. 벽을 더듬어 간접 조명등을 켜고 중

문을 다시 닫았다. 바닥의 족적 표식을 밟지 않으려고 살피며 거실 한복판으로 걸어 들어갔다.

생활 소음이 하나도 없는 거실 한가운데에 침묵만이 곰삭고 있었다. 귀를 기울이자 바람이 창과 벽을 훑고 지나가는 소리가 들렸다.

멀리서 누군가 자신을 부르는 것 같았다.

그날, 피의 제단에서 시호는 혼자 구출되어 나온 게 아니었다. 정체를 알 수 없는 뭔가가 따라 나왔다. 그건 대체로 어둠이었고, 때로는 마음을 에는 죄책감이었고, 가끔은 온몸을 짓누르는 수치심이었다.

그리고 이렇게 종종 소리 없는 비명을 질러 대곤 했다.

언니, 살려줘.

Diary

날짜 : 2010년 4월 14일

오늘은 제이 언니를 따라가 노숙자 무료 급식소에서 일했다. '육자대명왕 창시관음사'라는 절에서 일주일에 한 번 점심 때마다 벌이는 행사였다.

나는 언니가 시키는 대로 시금치 여러 단을 다듬고 어묵 수십 장을 썰었다. 손목이 무지근하게 아팠고 어깨가 뻐근했지만, 노숙자들의 식판에 따끈한 밥과 국, 반찬을 퍼주면서 뿌듯했다. 밥을 먹다 말고 달려와 두 손을 붙잡고 고맙다고 말하는 할아버지도 있었다.

"아직 어린데 어쩜 이렇게 요리를 잘하니?"

제이 언니가 새로 지은 밥을 밥솥째 가지고 나오면서 말했다.

"엄마가 식당을 하셔서 어렸을 때부터 많이 도왔어요. 맨날 홀 서빙시켜서 얼마나 짜증 났는데요."

"그랬구나. 한창 놀 땐데 그러면 당연히 짜증 나지."

"혹시 언니네도 식당 했어요?"

요리도 척척 설거지도 척척 잘해서 제이 언니에게 그렇게 물었던 거였다. 언니의 얼굴이 순식간에 어두워졌다.

"엄마는 간호사, 아빠는 10년 전에 돌아가셨고. 난 할머니 손에 자랐어."

언니는 금세 어두운 표정을 지우며 미소 지었다. 나는 조심스레 물었다.

"아, 혹시 어머님이 재가하셨어요? 그래서 할머니 집에 맡겨진 거예요?"

"아니. 근데 놀라지 마. 이건 순전히 할머니 이야기이고 난 안 믿으니까. 엄마가 일하던 병원 의사하고 바람나서 아빠한테 독약을 먹여 죽였다고 하더라. 근데 난 진짜 안 믿어. 원래 할머니들은 다 그러잖아? 며느리한테 자기 아들 잡아먹었다고 하면서 말이야."

바람나서 남편을 독살한 여자에 대한 뉴스를 본 적이 없었다. 아무리 10년 전 일이라고 해도 우리 지역에서 일어난 사건이라면 분명히 알고 있을 법도 한데….

제이 언니의 말대로 할머니가 며느리와 손녀 사이를 떨어뜨려 놓으려고 한 말 같았다. 진실이 무엇이든 그런 할머니 밑에서 자라면서 제이 언니는 얼마나 마음고생을 했을지, 안 봐도 빤했다.

"나도 참, 이런 얘길 아무렇지도 않게 말하네. 인이 박여서 그래. 마음에 인이 박여서. 엄마하고 닮은 년이라고 할머니한테 구박을 많이 받았거든. 그럴 거면 그냥 고아원 같은 데다 맡기지 왜 날 키우셨나 몰라."

입으로는 미소 짓고 있으면서 두 눈은 금방이라도 울 것처럼 눈물로 그렁했다.

"나 진짜 자존감이 쪼그라들 대로 쪼그라들어 있었어. 근데 여기 다니고 나서부터는 확 달라졌어. 나한테 관음교는, 이제 믿음의 문제가 아니야. 친구고 가족이고 연인이야."

나도 그랬다. 여기 있으니 돈을 벌지 않아도 불안하지 않았다. 엄마 일을 거들어주지 않아도 마음이 무거워지지 않았다. 외롭지 않았다. 보이지 않는 누군가에게 위로받고 있었다. 누군가에게 안겨 있는 기분이었다.

대웅전을 구경시켜주겠다는 언니를 따라 급식소 뒷문으로 빠져나갔다. 널찍한 주차장을 가로지르자 '육자대명왕 창시관음사'라는 절이 나타났다.

무료 급식소를 운영하는 곳이 바로 관음사였다. 절이라고 하면 산속 깊이 사람 발길 닿기 힘든 곳에 있는 줄 알았는데 관음사는 그렇지 않았다. 시내 유흥가 옆에 자리 잡고 있었고 언제든지 방문할 수 있게 24시간 개방 중이었다.

콘크리트로 지어진 5층짜리 건물에 알록달록 단청이 입혀져 있었고, 5층에서부터 1층까지 전자상가 만국기처럼 색색의 연등들이 줄지어 매달려 있었다. 꼭대기 층에는 유명한 사찰 못지 않은 기와지붕이 위세 좋게 얹어져 있었다. 그걸 보고 있자니 기분이 좀 이상했다. 황소개구리나 뉴트리아를 처음 봤을 때의 느낌하고 비슷했다.

"오늘 강연 있는데 한 번 들어볼래? 주지 스님 강연 들으려고 서울에서도 제주에서도 저 멀리 호주에서도 와. 3개월 전에 예약해야 겨우 한 말씀 들을 수 있어. 넌 오늘 봉사활동도 했으니까 특별히 청강할 수 있는 거야."

대웅전을 먼저 소개해준 제이 언니가 4층 소강당으로 나를 데려가 주셨다. 싹시 신 언니의 손에 힘이 들어갔다.

"한 10분만 앉아 있어. 내가 이따가 데리러 올게."

"10분요?"

그렇게 멀리서 강연을 들으러 온다는데 왜 나한테는 10분만 앉아 있어 보라고 하는지 모르겠다.

"응. 조금 있다가 데리러 올게."

아이가 직감적으로 어른의 불안을 알아채듯 언니 안에서 뭔가가 흔들리고 있는 게 느껴졌다. 미묘한 진동이 나에게까지 와 닿았다.

"네."

4층 소강당 앞에서 제이 언니가 나를 잠시 껴안았다. 언니의 뜨거운 입술이 내 볼에 가까이 다가왔다. 심장이 쿵쾅거렸다. 이게 끓인 밀랍이라도 언니가 시키면 삼킬 수 있을 것 같았다. 제이 언니는 천천히 몸을 돌려 걸어갔다.

소강당 문이 벌컥 열렸다. 나는 떠밀리듯 소강당 안으로 두어 걸음 내딛고선 깜짝 놀라고 말았다. 내 또래로 보이는 청년들 수십 명이 간이 의자에 앉아 있었다. 내가 쭈뼛거리며 걸어 들어가자 연단에 서 있던 한복 차림의 스님이 갑자기 나를 향해 손짓했다.

"깨달음을 얻고자 하는 분이 또 오셨습니다. 환영해 줍시다."

그러자 의자에 앉아 있던 청년들이 전부 일어나 나에게 미소를 건네며 손뼉을 쳤다.

솔직히 좀 어리둥절했다. 문 하나를 통과했을 뿐인데 이 안에는 뭔가 터질 듯한 것으로 가득 차 있었다. 설명할 수 없는 무언가로.

그런데 언니는 좀 전에 왜 그런 표정을 지은 걸까.

실내에 울려 퍼지는 노랫소리가 다른 데 팔렸던 정신을 되돌려놓았다. 노래가 얼마나 우렁찬지 심장 밖에서 심장이 뛰고 있는 듯했다. 나도 아는 노래였다. 얼마 전 재래시장 활성화를 위해 버스킹을 했을 때 제이 언니와, 리아 언니, 욱이 오빠가 불렀던 노래였다. 처음엔 몰랐지만, 이제는 우리의 노래가 되었던 그 노래였다.

나는 빈자리에 가 섰다. 어느새 노래가 입 밖으로 흘러나오고 있었다. 노래가 요동치자 내 심장도 함께 요동치기 시작했다.

5

다음 날 강력 3팀 전원이 저크시즈 팰리스로 출동했다.

시호는 901호 윗집인 1001호로 직접 찾아갔다. 경찰들이 몇 번을 찾아가도 문을 열어주지 않았다고 한다. 그런데 시호가 인터폰을 누르자 단번에 문이 열렸다. 안에서 분홍색 원피스형 앞치마를 두른 중년 여성이 나왔다. 후덕해 뵈는 몸집에 눈꼬리가 아래로 처져 선한 인상이었다.

"경찰입니다."

시호의 얼굴을 보더니 중년 여성이 안심이라는 듯 어깨를 떨어뜨리고 숨을 길게 내쉬었다.

"여사님이 굉장히 무서워하셨어요. 남자들이 계속 찾아온다고 하시면서요."

"무섭게 해드릴 생각은 없었는데 죄송합니다. 혹시 성함이?"

"김해정이에요. 박이순 할머니 요양보호사고요."

거실에는 백발노인이 휠체어를 탄 채 통유리창 앞에 앉아 멍하니 바다를 바라보고 있었다. 머리칼이 하얗다 못해 투명해지고 있었다.

"치매세요. 이제 겨우 예순셋인데 벌써…."

아마도 요양보호사의 취향이거나 편의 때문이겠지만 할머니의 꽃무늬 고무줄 바지와 곰돌이 티셔츠 차림은 자기 의사를 제대로 표현할 수 없는 치매라는 병증을 더욱 도드라져 보이게 했다.

지독한 냄새가 위층까지 올라왔을 텐데도 신고가 일찍 들어가지 않았던 이유를 알 것 같았다.

"요양보호사님은 아랫집에서 무슨 일이 났다는 걸 눈치채지 못하셨나요?"

"조용했어요. 복도에서 난리를 치면 모를까 집 안에서 나는 소리까지 어떻게 듣겠어요? 그리고 그런 이상한 소리가 들렸어도 제가 어떻게 감히 민원을 넣겠어요? 여사님이 뭐라 하시면 또 모를까. 윗집에 살아도 저크시즈 펠리스에서 저 같은 사람은 아랫사람이죠. 아랫사람이 윗사람 일에 무슨 말을 하겠어요. 귀 닫고 입 닫고, 보고도 못 본 척했으니 지금껏 사모님을 모시고 있을 수 있었죠."

아랫사람. 이 아파트 안에는 그런 아랫사람이 몇 명이나 될까. 시호는 다시 질문을 이어나갔다.

"11일 10시쯤엔 뭐 하셨어요?"

"저도 이제 늙었는지 초저녁잠이 늘었지 뭐예요. 깜빡 졸다가 일어나보니 한밤중이었어요."

"그럼 그동안 치매 할머니 혼자 방치됐단 말인가요?"

"그러게요. 그러면 안 되는데…."

시호의 질타에 김해정 요양보호사는 그제야 잘못한 걸 인식했는지 목소리가 수그러들었다.

"얼마 전부터 잠깐 눈만 떼면 사라지셨다가 보안업체 직원들한테 붙들려오시곤 했어요. 이제 저도 그만둘 때가 됐구나 싶었는데, 마침 몇 달 뒤에 딸애 결혼식도 있고 해서 서울에 올라가야 하기도 하고요. 그래서 다음 달이면 여사님은 요양 시설로 가실 거에요."

시호는 속에서 뭔가가 치받아 올라왔다.

"치매라서 쫓겨나는 겁니까?"

김해정은 고개를 천천히 가로저었다.

"아, 아니에요. 그 누구보다 할머니 본인이 그걸 원하고 계세요."

"의사소통이 가능할 때도 있습니까?"

"네, 종종 맨정신으로 돌아올 때가 있거든요. 그때 말씀하시길 재산 전부 정리하고 요양 시설로 들어가고 싶다고 하셨어요. 요양 시설도 엄청 좋은 데라서 돈을 아주 많이 내야 한다고 하더라고요."

"할머니한테 다른 가족은 없나요?"

"딸이 하나 있는데, 소식이 끊겼다고 들었어요."

시호는 할머니에게 다가가 옆에 앉았다. 그러자 할머니가 시호의 손을 꼭 붙잡았다.

"언니, 나 너무 무서워찌."

시호가 마른 나뭇가지 같은 할머니의 손을 쓰다듬었다.

"진짜 무서웠겠다. 미안해. 이제 무서운 사람들 안 올 거야."

"언니, 나 너무너무 무서워쩌."

할머니의 두 눈동자만은 어린아이처럼 반짝거렸다.

"혹시 며칠 전 밤에 나쁜 사람들이 집 앞에 지나다니고 그러진 않았어?"

"응응, 그런 사람 없었어."

"그날 일찍 잤어?"

"아니, 나 안 잤는데?"

"그럼 뭐 했는데?"

"뭐 했냐면…."

뭘 했는지 생각한다기보다 아주 잠깐 '멈춤' 버튼이 눌러진 것 같았다. 그러더니 갑자기 동공이 커졌다.

"11시쯤에는?"

할머니가 도리질을 치며 시호의 팔에 매달렸다. 의외로 힘이 세서 놀랐다.

"가지 마. 엄마가 잘못했어. 이제 우리 같이 살자, 응? 응?"

김해정이 얼른 다가와 어린아이 다루듯 등과 머리를 쓰다듬어서 겨우 할머니를 진정시켰다.

"할머니가 젊었을 때 가정폭력을 못 견뎌서 집을 뛰쳐나왔다고 하더라고요. 그때 두고 나온 딸이 자기 버리고 갔다고 원망 많이 했겠죠. 자수성가해서 찾아갔는데 문전 박대 당했다고 하더라고요."

"잘못했쪄요. 안 그럴게요. 용서해주세요."

할머니가 두 손을 비비며 울었다. 이번에는 생의 어느 지점으로 밀려난 것일까. 어떤 회한의 물회오리가 이토록 할머니를 잡고 놓아주지 않는 것일까.

"괜찮아. 잘못한 거 없어. 괜찮아."

시호는 할머니를 안아 토닥였다. 너무 세게 껴안으면 부서질 것처럼 메마른 몸이었다.

"다시 연락드리겠습니다. 그때까진 할머니 요양원에 보내지 마세요. 김 보호사님도 당분간은 머물러 주시고요."

다음은 아래층인 801호였다.

801호는 아기 울음소리가 밖에까지 쩌렁쩌렁 울려 퍼지는데도 집 안에 사람이 없는 척했다. 하는 수 없이 인터폰에 대고 소리칠 수밖에 없었다.

"이렇게 하시면 피의자로 전환해서 강제 소환하겠습니다."

그제야 문이 열렸다. 아기를 안고 달래면서 여자가 퉁명스레 말했다.

"변호사 오고 있으니까 그때까지 한마디도 안 할 거예요."

여자는 다시 집 안으로 들어가려고 했다. 시호가 현관문을 한 손으로 붙잡았다.

"네. 그러세요. 그런데 변호사 올 때까지 아긴 계속 울겠는데요? 제가 이렇게 문을 두들겨댈 거라서요."

시호가 현관문을 쾅쾅쾅 두들겨댔다. 아기가 순간 멈칫하더니 또다시 자지러지기 시작했다. 여자가 아기를 위아래로 흔들며 시호를 노려보았다.

"이게 뭐 하는 짓이에요?"

시호는 대답 없이 현관문을 또 두들겼다. 여자가 씩씩대며 눈알을 굴렸다.

"그럼 빨리 말해요."

어느새 여자의 남편이 나타나 그녀의 등 뒤에 섰다. 여자는 남편과 닿는 것도 싫은지 남편이 바짝 붙어 서자 어깨로 살짝 밀쳤다.

"901호 층간소음으로 항의를 많이 하셨다고요?"

"네? 아니요. 아니, 그게…."

801호 남자가 뒷머리를 긁었다. 여자가 이번엔 남편을 향해 눈을 가늘게 떴다.

"자기는 됐고, 내가 얘기할게. 그래도 되죠?"

"됩니더. 뭐 쪼메라도 이상한 거 있으모 빠트리지 말고 말해보이소."

시호 옆에 서 있던 우근지 형사가 수첩을 꺼내 들면서 말했다.

"우리 민준이가 이제 겨우 백일을 넘겼어요. 남들은 백일의 기적이다 뭐다 하는데 애가 어찌나 예민한지 등만 어디 갖다 대면 울어요. 몇 시간씩 어르고 달래서 겨우 재워 놓으면 우다다 다다! 우다다다다! 애는 자지러지고 전 한숨도 못 자요."

여자는 굉장히 신경질적으로 말을 이었다.

"형사님, 윗집에 가보셨죠? 그 집, 개 키우죠? 맞죠?"

"안 키운다고 그랬다니까."

남편이 끼어들었다.

"자기야, 뭘 모르면 그냥 빠져 줄래? 자기는 출근에 지장 있다고 서재에서 따로 자잖아. 그러니까 민준이가 얼마나 예민한지 조금도 몰라. 저기요, 형사님. 그 집에 개 키우고 있지 않

던가요? 아니면 고양이라도 없었어요? 혹시 햄스터는요? 못

봤어요?"

우 형사가 고개를 절레절레 저었다.

"못 봤십니더. 11일 밤에는 어땠습니꺼? 그날도 시끄러벘습

니꺼?"

"언제요? 11일이면, 자기야, 우리 엄마 집에 가서 잤을 때네.

그치?"

여자가 남편 쪽으로 몸을 돌렸다.

"아니, 그 전날이지. 12일이 장모님 생신이었거든? 12일부터

장인어른하고 장모님하고 다 같이 제주도 여행 다녀왔잖아."

"아아, 엄마 생일 전날. 그러고 보니 그날은 너무 조용해서 기

어이 그 개새끼가 뒈졌나보다 생각한 날이네."

12일부터 제주도 여행 다녀왔다가 엊그제 집에 도착했다고

했다. 그래서 지독한 냄새에 대한 민원이 없었던 거였다.

"따로 가사 도우미나 양육 도우미는 안 두고 있습니까?"

여자가 남편을 잡아먹을 듯 노려보면서 말했다.

"한 달 전에 그만두고 나갔어요. 왜 그만뒀는지는 이 남자한

테 물어보시고요."

잠시 울음을 그쳤던 아기가 또다시 자지러지기 시작했다. 더는 탐문을 계속할 수 없었다. 여자가 아기를 어르고 달래며 집 안으로 들어갔다. 따라 들어가려는 남편을 붙잡고 시호가 말했다.

"그만뒀다는 시터 전화번호 좀 주시죠."

"저, 저도 잘 모르는데요."

"나중에 휴대폰 포렌식 해서 나오면 우짤낀데예? 그땐 문자 내용까지 싹 정리해서 사모님한테 드려도 됩니꺼?"

우 형사가 제 점퍼 안에서 스마트폰을 꺼내더니 누군가에게 문자를 보내는 척하면서 말했다. 우 형사의 말도 안 되는 협박에 시호는 실소를 머금었다.

"아, 아닙니다. 전화번호 바로 알려드리겠습니다."

세상에나 이런 '발 연기'가 통하다니, 어이가 없었다.

〈참고인 조사 보고서 1〉

음성 텍스트화

작성자 : 광역수사대 강력 3팀 치진웅 경장

가사 도우미 김희령 씨

차 형사 : 평소 신영호 씨는 어떤 분이셨나요?

김희령 : 영감탱이, 얼마나 쪼잔한지 말도 못 해요. 물 한 잔을 시원하게 마시는 꼴을 못 봐요. 자기가 나가면 정수기도 비데도 보일러도 전부 꺼버린다니까요.

차 형사 : 아, 마카오 여행 가기 전이었으니 식기세척기 물도 잠갔겠네요.

김희령 : 그렇죠.

차 형사 : 그런데 주변에선 김희령 씨하고 신영호 씨하고 사귄다고 소문이….

김희령 : 뭐라고요? 지금 누구 앞길을 막으려고 그래요? 월급은 쥐꼬리만큼 주면서 밝히기는 어찌나 밝히는지 첩으로 들어앉으라고, 들어앉으라고, 아주 노래를 불러댔어요. 참 나, 돈이 암만 좋아도 그렇지 이렇게 팔팔한 나이에 늙은이 뒷수발이나 들고 싶겠어요?

차 형사 : 신영호 씨하고 아들인 신태광 씨하고 사이는 어땠나요?

김희령 : 아들이 사고를 좀 많이 쳤어야죠. 나 같아도 다리 한

두 개 정도는 분질러 놓았을 거예요. 돈 사고, 여자 사고 가릴 것 없이 다 치고 다니는데 아무리 내 새끼라도 돌아앉죠.

차 형사 : 부자 사이가 썩 좋지 않았단 말씀이시네요.

김희령 : 그럼요. 맨날 돈 달라고 찾아와서 행패를 부리고 하니까 그 쪼잔한 영감탱이가 경호원들을 고용했던 게 아니겠어요?

차 형사 : 최근에 다녀간 사람은 없었나요?

김희령 : 집에요? 쪼잔해서 물 한 잔 대접하는 것도 아까워하는 인간한테 손님이 있었겠어요? 아, 엊그제 윗집 치매 할머니가 길을 잃고 헤매시길래 제가 보안팀에 전화하고 기다리는 동안 집에 들어와 쉬시게 했어요. 그때 영감탱이가 쟁여 놓고 마시는 보약을 몰래 할머니한테 따라드렸죠. 근데 그걸 어떻게 알고 노발대발…. 세상에, 보약이 몇 개인지 매일 세는 줄 누가 알았겠어요? 이 미모만 아니었으면 쫓겨났을 거예요.

운전기사 빅순빈 씨

차 형사 : 신영호 씨한테 평소에 원한을 가질 만한 사람은 없었나요?

박순만 : 없는 거로 알고 있습니다. 사채라고 원한 많이 질 것 같죠? 아닙니다. 이래 보여도 번듯한 대부업체거든요.

차 형사 : 그럼 11일에 신영호 씨 어땠나요?

박순만 : 아드님하고 크게 다투셨어요.

차 형사 : 무슨 일 때문에요?

박순만 : 자식이 원수 아니겠습니까?

차 형사 : 좀 더 구체적으로 말씀해주세요.

박순만 : 제가 신영호 대표님을 곁에서 모신 지 벌써 20년이 넘었습니다. 늦게 얻은 자식이라고 신 대표님께서 얼마나 애지중지했는지 모릅니다. 그런데 머리가 굵어지면서 신태광 부사장님이 돈이면 돈, 여자면 여자, 온갖 문제를 만들고 다니는 바람에 진짜 '자식이 원수'라는 말을 입에 달고 사셨죠. 그러다가 지난달부터 갑자기 신태광 부사장님이 한국 다 정리하고 중국 들어가 살자고 졸라댔나 보더라고요.

차 형사 : 신영호 씨 입장은 어땠습니까?

박순만 : 안 된다고 펄쩍 뛰셨죠. 이 나이에 타향살이를 왜 해야 하냐면서 가고 싶으면 혼자 가라고, 근데 한 푼도 안 줄 거니까 가서 빌어먹든 알아서 살라고 하셨죠.

차 형사 : 그 얘길 듣고 신태광 씨는 뭐라고 했는데요?

박순만 : 회사 사무실인데도 아버지한테 소리 지르고 욕하고 온갖 행패를 다 부렸죠. 그러다가 회사 경비들한테 붙들려 쫓겨났고요. 대표님 경호원들하고 부사장님 경호원들하고 충돌도 일어났고요.

차 형사 : 팔에 그 붕대는 뭐죠?

박순만 : 아, 수술을 좀 했어요.

차 형사 : 무슨 수술요? 혹시 경호원들 패싸움에 휘말려서?

박순만 : 아, 아닙니다. 하하, 팔목에 보기 흉한 흉터가 있어서 레이저로 지웠습니다. 필요하시면 병원에 전화해보세요. 하하.

경호원 백기철 씨

차 형사 : 왜 11일에 신영호 씨하고 위층까지 같이 안 올라 갔죠?

백기철 : 그선 클라이언트의 요구사항이었습니다.

차 형사 : 경호원을 고용한 거 보면 신변에 위험을 느껴서일 텐데, 지하 승강장 앞까지만 경호하라는 건 좀 이상하지 않습니까?

백기철 : 솔직하게 말해도 되겠습니까?

차 형사 : 네. 말씀하세요.

백기철 : 진짜 솔직히, 저희도 못 믿는 눈치였어요.

차 형사 : 그게 무슨 말이죠?

백기철 : 이유는 모르겠는데 저희하고 있는 걸 불안해했어요. 불편이 아니라 불안요. 우릴 못 믿고 경계하더라고요. 첨엔 특별히 저한테만 그러나 했는데 에이전시에 물어보니까 원래 그랬대요. 경호원도 3개월마다 바꾼다고요. 툭하면 잘라버리고요.

차 형사 : 아, 그럼 승강기를 타본 적도 없으시겠네요.

백기철 : 제 지문을 뭐 한다고 승강기에 등록해주겠어요? 3개월 지나면 나가는데요.

차 형사 : 신태광 씨 경호원들하고 충돌이 있었다고요?

백기철 : 그쪽 경호원들은 완전 돌아이더라고요. 물론 중국에서 고용한 애들이니 말이 안 통하는 것도 있었겠죠. 근데 진짜로 신태광 부사장님을 위해 간이고 쓸개고 빼줄 것처럼 굴더라고요. 근데 우리는 아니잖아요. 단기 계약이거든요. 그래서 그렇게 열심히 싸울 필요가 없는데 그놈들한테 맞아서 팔이 부러진 동료도 있다고요.

501호 김종현 사장

배 형사 : 평소 신영호 씨하고 친하죠?

김종현 : 친하지. 나하고 같은 골프 클럽인데?

배 형사 : 골프 클럽에서 평판은 어땠나요?

김종현 : 평판? 괜찮았지. 아니, 인기가 하늘을 찔렀다고나 할까? 하하하.

배 형사 : 내기 골프 하셨죠? 캐디들 말로는 내기 골프 꽤 자주 했다던데요.

김종현 : 내기 골프? 설마, 그것 땜에 누군가 신영호를 죽였다고? 에이, 그건 아니지. 신영호가 누굴 죽였으면 죽였지….

배 형사 : 그러니까 사장님 말씀은, 신영호 씨가 사장님한테 원수진 일이 있다는 말이죠?

김종현 : 아니, 갑자기 화살이 왜 나한테로 향해? 내가 몇천만 원 없을 사람으로 보여? 운영하는 카인테리어 대리점만 4개야.

솔직히 치매 할머니가 이사 오는 바람에 아파트 물이 다 흐려져서 그렇지만 지금도 무진시 내에선 내놓으라 하는 사람들만 사는 곳이라고. 근데 내가 뭐가 아쉬워서 사기 골프를 치겠어?

배 형사 : 그럼 신영호 씨한테 사기 골프를 친 사람이 있단 말이네요?

김종현 : 허허허, 이 사람 날카롭네.

우 형사 : 누굽니까? 사기 골프 친 사람요.

401호 양원섭 한의사

배 형사 : 신영호 씨 커피에 넣은 게 할시온인가요?

양원섭 : 어유, 말도 안 됩니다. 그런 향정신성 의약품을 넣다뇨.

배 형사 : 그럼 케타민인가요?

양원섭 : 아니 그건 CT나 MRI 찍을 때 재우는 주사고요. 이분이 큰일 날 소릴 하시네. 누굴 향정신성 의약품 관리법 위반으로 엮으려고 이러시네.

배 형사 : 골프 칠 때 음료에 넣은 게 도대체 뭡니까?

양원섭 : 진정 효과가 있는 한약을 자양강장제로 속여서 마시

게 했을 뿐입니다.

배 형사 : 그렇게 해서 편취한 금액이 꽤 되죠?

양원성 : 아니, 제가 오죽하면 그랬겠습니까? 영호 형님이 내기 골프 때마다 얍삽한 짓을 하니까 그랬죠. 무슨 주문을 계속 외더란 말입니다. 너무 듣기가 싫었어요.

배 형사 : 주문이요?

양원성 : 네. 진짜 옆에서 계속 중얼중얼, 알고 봤더니 영호 형님이 옛날에 머리 깎고 출가했었다고 하대요. 자기 말로는, 돈이 자꾸 붙어서 할 수 없이 환속했다고 하더라고요. 그러면서 염불인지 주문인지 공을 칠 때마다 중얼중얼하니까 입을 아주 그냥 찢어버리고 싶었다니까요.

배 형사 : 그래서 그렇게 편취한 내기 골프로 얼마 따셨는데요?

양원성 : 한 오천?

배 형사 : 같이 서로 좀 가셔야겠습니다.

양원성 : 불려날라면 돌려줄 수도 있어요. 제가 돈 오천도 없는 사람으로 보입니까?

배 형사 : 신영호 씨 부의금으로 오천만 원 내시면 되겠네요.

신영호 씨가 살해당하셨거든요.

양원성 : 네? 내기 골프 땜에 찾아온 줄 알았는데 영호 형님 이 그, 그럴 수가….

장기우 광수대장이 보고서를 덮으며 휘파람을 불었다.

"참고인만 106명?"

광수대 대장실에는 관리자급 사무실마다 하나씩 키운다는 그 흔한 고무나무 화분조차 없었다. 자격증이나 표창장이 즐비할 줄 알았는데 벽에도 걸려 있는 게 없었다. 아직 주인이 들어오지 않은 빈 사무실에 장 대장이 앉아 있는 느낌이었다. 여기에서 오래 있을 생각이 없는 것처럼 보였다. 어떻게든 성과를 자신에게 돌려 펜대를 굴리던 옛 시절로 돌아가고픈 마음뿐이리라.

"그나저나 아파트 전체에 루미놀을 때려 부었는데 피 한 방울 안 나왔잖아. 우리한테 특수 청소비를 청구할 거라는데, 어떻게 생각하나?"

901호는 밀실이나 다름없었다. 유일한 출입구는 현관문이었다. 살인 발생 예상 시각엔 사전 등록된 지문으로 현관문이 열리지 않았다. 벨이 눌러지지도 않았다. 노크 소리는 전실 때문에 거의 들리지 않았다. 살인 후 범인은 현장을 조작하고 빠져나갔다. 승강장 문이 열리는 순간만 피하면 계단을 오르내릴 수 있다. 중앙 현관 CCTV에도 출입하는 낯선 자가 없었다.

"아파트 내부인 소행이라고 확신합니다."

1001호 요양보호사 아주머니의 말이 떠올랐다.

보고도 못 본 척 듣고도 못 들은 척해야 하는 아랫사람.

≡　★ 모바일 다이어리　　　　　⬆ 💬 …

Diary

날짜 : 2010년 5월 4일

육관음 주지 스님 설법 음성 텍스트회 9

"깨달음을 얻지 못한 당신은 진정한 스스로를 보지 못합니다. 중생심으로 지비로써 옹호하고 귀하게 여기는 참된 자신만이 아름다울까요?"

아닙니다.

"무한한 진리와 무한한 사랑과 무한한 생명은 오로지 끊임없는 수행으로 이뤄지며 완전한 출세지를 얻지 못하면 영원한 윤회의 굴레에서 벗어나지 못합니다. 수행 끝에 삼악도에 떨어지지 않고 생과 사의 윤회를 벗어나게 되면 당신은 라마이고 붓다이고 예수입니다."

옴 마니 반메 훔.

"내 말이 사이비 같습니까? 이단 같습니까?"

아닙니다.

"불교에는 사이비가 없습니다. 이단이 없습니다. 나를 만나면 나를 죽이고 부처를 만나면 부처를 죽이라 했습니다.

깨달음을 얻으면 선악의 번민이 존재하지 않습니다. 종교적인 것도, 종교적이지 않은 것도 없습니다. 사이비인 것도, 사이비가 아닌 것도 없습니다.

진정한 깨달음의 상태는 무(無)의 상태인 것입니다."

옴 마니 반메 훔.

육괴음 주지 스님 설법 음성 텍스트화 10

"삼계(三界)의 여러 하늘 가운데 가장 높은 하늘에서 태어난 사람은 번뇌를 떠날 수 있습니다. 우리는 이들을 비상인(非想人)이라 부릅니다. 하지만 높은 하늘에서 태어나지 못한 중생 비비상인(非非想人)인 우리는 어떻게든 번뇌의 사슬을 끊고 높은 하늘로 올라가야 합니다. 번뇌의 사슬을 어떻게 끊을 수 있겠습니까. 번뇌는 어디에서 옵니까?"

소유에서 옵니다.

"아무것도 갖지 않을 때 비로소 깨달음을 갖게 될 것입니다. 모든 번민과 물욕을 관음사에 버리십시오! 물욕을 끊어내십시오! 관음사에서 도와드리겠습니다! 본래무일물(本來無一物)."

본래무일물(本來無一物)!

본래무일물(本來無一物)!!

본래무일물(本來無一物)!!!

Diary

날짜 : 2010년 5월 17일

2010년 초급 시험 기출 예상문제　

법화경

(문1) 다음은 '법화경'에 대한 문제입니다. 문제를 읽고 물음에 답하시오. (2009년 기출문제)

1. '제법실상'에 대한 설명 중 가장 적절한 것을 하나만 고르시오.

① 제법실상은 이승작불과 함께 법화경 본문의 중심적인 법리이다.

② '제법'은 궁극의 진리이며, '실상'은 현실 세계의 다양한 모습을 말한다.

③ '제법'은 실상이 그대로 나타난 모습이며 '실상'이란 비비상인(非非想人)이다.

2. 아래의 〈보기〉에서 알맞은 것을 하나만 골라 (   ) 안에 그 기호를
각각 써 넣으시오.

〈보기〉

㉠ 만인성불   ㉡ 삼류강적   ㉢ 육난구이   ㉣ 제법실상
㉤ 구원실성   ㉥ 지용보살   ㉦ 적화보살   ㉧ 불경보살

① 석존이 설한 불교의 가르침은 다양한 경전이 있지만 (   )
을 가능케 하는 완전한 가르침을 설한 경전은 '법화경'뿐
이다.

② 보탑품에서는 (   )를 설해 악세에 법을 홍통하는 일이 얼
마나 어려운지를 밝히고, 멸후 악세에 법을 홍통하기를 보
살들에게 권한다.

③ 용출품에서 대지 밑에서 솟아난 수많은 보살인 (   )은 신
력품에서 부처 멸후에 진실한 대법을 홍통할 것을 맹세하
고 석존에게 멸후의 홍통을 부촉받는다.

④ (   )은 '24문자의 법화경'을 설하며 일체중생에게 예배행
을 계속 실천했다. 여기에는 만인의 생명에 불성이 내재하
기 때문에 세상 모든 사람의 생명을 존경한다는 '법화경'
의 사상이 단적으로 나타나 있다.

3. 다음의 설명 중 올바른 것을 하나만 고르시오. (2002년 기출문제)

① 법화경 28품 중 전반 14품을 본문, 후반 14품을 적문이라고 하며, 모두 허공에서 설법이 이루어지기 때문에 '허공회'라고 한다.

② 보탑품 제11에서 '육난구이'를 설해 악세에 법을 홍통하는 일이 얼마나 어려운지를 밝히고, 멸후 악세에 법을 홍통하기를 보살들에게 권한다.

③ 법화경 본문의 중심 법리인 '구원실성'은 석존이 과거세에 오랫동안 불도수행을 거듭한 결과, 금세에 처음으로 성불했다는 사실을 밝힌 것이다.

하아, 어렵다. 그나마 아직 연필을 손에서 놓아본 적이 없는 학생이어서 제법 잘 외우는 것 같다. 머리를 쥐어뜯는 아주머니, 아저씨도 정말 많다. 그래도 걱정이 된다. 필기시험 60점 이하면 다시 교육을 받아야 한다.

천수경, 금강경, 화엄경, 법화경 등등 외워야 할 경전이 너무 많다. 음과 운과 뜻과 해석까지 모두 이해해야 한다. 시간이 없다. 어서 신입 제의를 통과해 하나의 어엿한 신도가 되어 공동체와 공양할 덕목을 지정받았으면 좋겠다.

제이 언니를 못 본 지 너무 오래되었다. 내가 가입 의지를 다지고 신입생들만 모여서 사는 이곳 원지동 임대 아파트로 들어오고 나서는 한 번도 만나질 못했다. 16평짜리 임대 아파트 안에 스무 명도 넘게 살고 있다. 그래도 책상 밑으로 다리를 펴야 했던 고시원 방보다야 낫다.

고시원에서 가방 몇 개만 달랑 들고나오던 길에 제이 언니를 만났다.

"영 결혼식 때문에 좀 바쁠 거 같아."

"결혼식 할 사람이 없다면서요?"

언니의 공동체 내에선 더 이상 결혼할 남자가 없다고 했다.

"영광이지 뭐. 엄동 스님이 결혼해주시겠다는데?"

"스님이 결혼도 해요?"

"원래는 스님도 결혼할 수 있어. 그리고 영 결혼식인데 뭐."

난 왠지 화가 났다. 언니를 빼앗기는 듯한 기분이 들었다.

"결혼하면 엄동 스님하고 같이 살아야 하는 거 아니에요?"

"엄동 스님이 우리 공동체 수장이셔서 어차피 지금 다 같이 살고 있어."

공동체 하나에 남녀 섞여서 여덟 명에서 열 명까지 같이 산다. 열 명의 청년을 관리하는 스님이 한 분씩 배정돼 있다. 제이 언니의 공동체에선 초등, 중등 학생들을 가르치는 공부방을 운영하고 있다.

"난 그 엄동 스님이라는 분 한 번도 본 적이 없네요. 봉사활동에도 참여 안 하는 것 같던데."

엄동 스님이란 분을 괜히 흠집 내고 싶어졌다.

"우릴 위해 기도하시지. 근데 가끔 참여하셔. 네가 못 본 것뿐이야."

아, 짜증 난다. 빨리 시험을 통과해서 제이 언니네 공동체로 들어가고 싶다. 제이 언니, 리아 언니, 욱이 오빠와 같은 공동체에 들어가고 싶다. 그 영 결혼식이고 뭐고 내가 공동체 안에 있었으면 뜯어말렸을 거다.

그러니까 무슨 일이 있어도 나는 시험에 통과해야 한다. 무슨 일이 있어도, 꼭!

6

자정이 가까워지고 있었다.

시호는 자신의 애마인 지프를 몰고 구도심의 아케이드를 찾았다.

불과 몇 년 전에만 해도 밤새 불을 밝혔던 동네지만 지금은 몇 개의 상점 외엔 모두 문을 닫은 상태였다.

어둑한 아케이드를 걷던 시호는 셔터가 내려진 가게 앞에 섰다. 셔터 틈새로 희미한 불빛이 새어 나오고 있었다. 간판이 걸려 있어야 할 자리에 바늘과 실 모양의 네온이 깜빡거리고 있었다. 셔터는 잠겨 있지 않았다.

시호는 시원스레 셔터를 밀어 올렸다. 요란한 소음이 을씨년스런 아케이드에 울려 퍼졌다. 출입구의 푸른색 비즈 커튼 사이로 머리를 집어넣었다.

탱크톱과 스키니 청바지 차림에 쇼트커트 머리를 한 아주머니가 어떤 중년 남성의 빈 정수리를 채워주고 있었다.

"왔어?"

타투숍 주인인 양미자 마스터가 고글을 살짝 벗어 올리며 시호에게 아는 척했다. 그러고는 얼른 남자의 자신감을 채워주는 작업으로 되돌아갔다.

시호는 탈의실로 가 흰 셔츠와 청바지로 갈아입고 나왔다.

자신의 작업대 주위에 향초를 피우는 게 손님 맞는 준비의 첫 단계였다. 그다음엔 도구들을 꺼내 소독하는 것이었다.

준비가 거의 끝나갈 무렵 예약했던 손님이 찾아왔다.

평범해 뵈는 남자는 탈의실에서 검은색 사각 팬츠만 입은 채로 나왔다. 중간 키에 마르고 탄탄한 몸매였다. 무에타이 선수라더니 그래서 그런지 태국의 불교 부적 문신인 '샥얀'이 양쪽 허벅지에 새겨져 있었다.

아무 말 없이 시호는 침대에 수건을 깔고 남자에게 엎드리라고 손짓했다. 남자는 침대에 엎드리며 심드렁하게 말했다.

"언더독 리그라고 모르죠?"

언더독 리그란 무명의 이종격투기 선수들끼리 붙여 놓고 내기 도박판을 벌이는 인간 투견장을 좋게 부르는 이름이다. 며칠 전에 찾아가 언더독 리그의 하우스장인 할아범을 체포했단 말은 하지 않았다.

"거기 여성 챔피언 등에 이 시체꽃 문신이 새겨져 있더라고요."

여성 챔피언의 문신은 꽃잎 안을 채색한 전기 니들 작품이었다. 붉은색 산스크리트어로 채운 시호의 문신과는 달랐다. 며칠 전에 그 여성 챔피언을 한 방에 보내버렸다고도 말하진 않았다.

시호는 아무런 호응 없이 바늘귀에 명주실을 끼워 넣었다. 실을 매단 바늘 여섯 개가 알코올램프 위에서 벌겋게 달아올랐다.

"블로그, 인스타그램, 페이스북 다 뒤져서 겨우 찾아냈네요. 나도 그 시체꽃 문신이란 거로 새겨줘요."

시호는 라텍스 장갑을 낀 차가운 손으로 남자의 등판에 마취 크림을 발랐다. 저음엔 움찔 놀라던 남자도 차츰 신장을 풀었다.

도안은 필요 없다. 지금까지 수백 번, 수천 번 바늘로 떴었던 문신이니까.

첫 바늘의 명주실에 붉은색 잉크를 먹였다. 바늘 문신은 바늘로 낸 상처에 명주실을 통해 색을 집어넣는 방법이다.

남자의 등에 첫 땀이 수놓아진다. 명주실에 먹여 놓았던 잉크가 실과 바늘을 따라 남자의 상처로 스며든다. 이때 잉크의 농도와 양을 얼마나 잘 조절하느냐에 따라 프로와 아마추어가 갈린다.

시호의 문신도 바늘로 한 땀, 한 땀 뜬 바늘 문신이다. 어린 시호는 마취도 없이 바늘이 제 몸으로 들어왔다가 빠져나가는 아픔을 고스란히 느껴야 했다. 바늘에 찔리는 고통은 치과에서 잇몸에 맞는 주사보다 아팠다. 게다가 통증은 횟수를 거듭할수록 커졌다. 그걸 감당하기에 너무 어렸던 시호는 문신 시술을 받는 도중에 그만 정신을 잃고 말았다.

시호는 이 바닥에서 '라플레시아걸'로 통한다. 오로지 라플레시아꽃 문신만 새기기 때문이다.

시호가 문신을 새기는 건 돈을 벌기 위해서도, 취미 활동도 아니다. 자신의 문신과 똑같은 문신을 새기는 이유는 단 하나, 동생을 죽인 놈들을 붙잡기 위해서이다. 산스크리트어로 꽃잎을 채운 문신이 널리 퍼지다 보면 놈들의 눈에 띄지 않을까. 그러면 놈들이 문신사인 라플레시아걸을 찾아오지 않을까.

전국에 비슷한 문신들을 찾아다니기도 했다. 시호 자신의 작품이 아닌 걸 누군가 어디서 봤다고 하면 어디든지 달려갔다. 하지만 붉은색 산스크리트어로 채워진 건 지금껏 한 번도 본 적이 없었다.

도대체 무슨 이유로 놈들은 동생의 배를 가르고 자신의 등판에 이런 끔찍한 문신을 새겼을까?

산스크리트어로 된 잎맥을 한 땀, 한 땀 새겨 넣는다. 남자의 등에 꽃이 새겨진다. 세상에서 가장 아름답고 강인한 복수라는 이름의 꽃이.

7

친부의 부고 소식을 듣고도 나흘이나 지나서야 나타난 신태광은 덩치 좋은 똘마니를 넷이나 달고 경찰서를 방문했다.

어딘가 모르게 불안해 뵈는 신태광의 외관은 비쩍 마른 북어처럼 볼품이 없었다. 우묵한 눈매, 쪽 빨린 하관, 비쩍 마른 몸매의 조합이 병약하고 신경질적인 분위기를 자아냈다.

"우리도 같이 간다. 같이 들어간다."

경호원들이 신태광만 취조실에 들여보낼 순 없다며 형사들 앞을 가로막았다.

"그래요. 같이 들어가세요. 이왕 다 같이 가는 거 유치장도 같

이 들어가고. Go to prison, together. Go to hell, together. OK?"

배 형사의 으름장에 경호원들이 쭈뼛거렸다. 그 틈에 시호와 우 형사가 신태광을 데리고 취조실 안으로 들어갔다.

취조실 데스크 위에 서류 파일을 던지다시피 내려놓으며 시호가 비아냥거렸다.

"1차 부검 결과 나올 때까지 안 오셨네요."

1차 부검 결과가 나오기까지 짧게는 3일 길게는 일주일이 걸린다. 부검 결과 사인은 목 졸림사였고, 체내에선 케타민 성분이 검출되었다. 케타민은 주로 병원에서 사용하고 있지만 '버닝썬 마약'으로도 유명한 약물이다.

"바, 바빴어요."

신태광은 죄인처럼 눈도 제대로 마주치지 못했다.

폭행, 특수 폭행, 특수 절도, 마약 관리법 위반, 강간미수, 미성년자 성매매 알선, 미성년자 강간미수.

30대의 신태광이 저지른 범죄들이었다. 이 사건들로 짧게는 1년 길게는 3년까지 교도소를 늘락날락했다.

"중국에 있었는데 왜 내가 범인 취급 받는 거요?"

지금은 이렇게 비실대지만 언제 어떻게 폭발적으로 분노를

드러낼지 모르는 인간이었다.

"그날 집에 들렀던데요?"

시호가 신태광에게 보란 듯이 예전 폭력 사건에 대한 자료 파일을 활짝 펼쳤다. 공소장에 첨부된 의료 진단서와 피해자의 피해 부위를 찍은 사진이 파일 안에 있었다. 의료 진단서에는 폭행으로 인한 안와 골절 및 광대뼈 함몰, 치아 파절까지 전치 8주에 이르는 상해를 입혔다고 기록되어 있었다.

애당초 신태광이 자원봉사 모임에 참여했다는 게 의아했지만, 봉사 모임에서 말을 듣지 않는다는 이유로 여학생에게 가한 폭행치고는 무시무시했다. 피해자는 린치를 당하는 삼십여 분간 죽음의 공포를 느꼈다고 진술했다. 그런데도 집행 유예 처분이 내려진 데에는 합의도 합의지만 선처를 바란다는 내용으로 피해자가 직접 쓴 탄원서의 도움이 컸다. 거금의 합의금이 오갔음이 틀림없었다. 미성년자 약취 및 성매매로 기소 유예된 건들도 꽤 되었다. 죄질이 상당히 나빴지만, 아버지 신영호의 재력으로 법망을 빠져나갔던 게 분명했다.

폭력적인 성향과 불안한 재정 상태가 합쳐지니 청부 살인의 동기로 그럴싸해 보였다. 시호는 서류 위의 '머그샷'을 볼펜으로 콕콕 찍었다. 신태광이 볼펜 끝을 힐끔거리며 대답했다. 자기 얼굴에 구멍이 뚫릴 때마다 미간을 찌푸렸다 말았다 했다.

"아빠 집에도 마음대로 들락날락 모, 못해요?"

"신태광 씨 개인 파산 위기였죠? 그래서 금고에서 아버지 돈을 빼돌려 중국으로 간 거 아닙니까?"

계속해서 자신의 사진에 찍어대는 볼펜 때문에 신경이 쓰였는지 신태광은 한 손으로 목을 긁어댔다.

"그, 그게 어때서요? 그거 어차피 다 내 돈인데 좀 빼가면 안 됩니까? 전 중국 상하이에 있었어요. 호텔에다 확인해 봐요. 방 밖으로 한 발자국이라도 나왔나."

"현관문을 두드려 봤는데 중간에 아주 긴 전실이 있어서 거실에선 들리지 않았어요."

"그래서요? 그게 왜요?"

"노크 소리에 현관문을 열어줬을 거라는 가설이 깨진 거죠."

"그, 그럼 어떻게 들어갔단 말인데요?"

"문이 열렸을 때요."

무슨 소릴 하는 건지 모르겠다는 듯 신태광은 인상을 팍 구겼다. 시호는 말을 이었다.

"당신이 문을 열어줬을 때요. 오후에 들렀을 때, 그때 살인 청부업자를 넣어준 거 아닙니까? 피해자 신영호 씨가 밤늦게 돌아올 때까지 살인범은 화장실에서 기다리고 있었고요. 그러면 굳이 당신 손을 더럽히지 않아도 됩니다."

"뭐라고요?"

"301호에 당신 애인이 살고 있던데요?"

"리아? 그년이 왜요?"

301호 문 앞에 가자 희미하게 오줌 지린내 같은 대마 냄새가 밖으로 새어 나왔다. 시호는 현관문을 주먹으로 두드리며 외쳤다.

"불났어요! 대피하세요!"

그러자 3초도 지나지 않아 속옷 차림의 남녀가 밖으로 튀어나왔다. 양손에 바지와 외투를 거머쥐고서. 그러다가 복도에 서 있는 한 무리의 경찰들을 보자 그 자리에 주저앉았다. 301호 입주자인 주리아와 운전기사가 함께 대마를 피우고 있었던 것이었다. 주리아는 속옷 차림에도 아랑곳하지 않고 무릎을 꿇고 앉아 두 손바닥을 모으고 싹싹 빌었다.

"경찰 아가씨, 제발요. 자기가 구해준 운전기사하고 붙어먹은 거 알면 저 죽어요. 신태광한테는 아무 말도 하지 말아 주세요.
네? 네?"

"경찰보다 더 무서운가 보네요."

"이번이 두 번째인데 저 진짜 죽어요. 저번에 맞았을 때 전치
4주 나왔다고요."

주리아는 눈물 콧물 범벅인 얼굴로 시호의 바짓단을 잡고 매
달렸다.

"그렇게 맞아 가면서 왜 못 헤어지는 거죠?"

"제가 못 헤어지는 것 같죠? 그놈이 나하고 못 헤어지는 거예
요. 아시겠어요? 네?"

자존심이 상했는지 주리아가 두 눈을 치켜뜨면서 시호에게
대들었다.

"당신을 상습 마약 복용 및 마약류 관리에 의한 법률 위반 현
행범으로 체포하겠습니다. 묵비권을 행사할 수 있고, 변호사를
선임할 수 있습니다. 아시겠어요? 네?"

경찰에게 연행돼 가면서도 주리아는 신태광에게 말하지 말아
달라고 애원했다.

시호는 사진을 찍어대던 볼펜으로 정면의 신태광에게 삿대질

을 했다.

"최근에 주리아 씨 운전기사가 바뀌었던데, 혹시 당신이 청부 살인 목적으로 새로 고용한 거 아닙니까?"

"아, 그거야 그년이 그 전에 운전기사하고 붙어먹어서…."

새로 바뀐 운전기사하고도 그렇고 그런 관계가 됐다고 말하고 싶은 걸 시호는 꾹 참았다.

"운전기사 월급치곤 꽤 많은 돈을 줬던데요."

신태광의 개인 통장과 회사 장부에서 조금이라도 이상한 입출금 내역이 없는지 찾고 있었다. 정상적인 대출처럼 보이는 것까지도 말이다.

"그 새끼가 떨을 구한다고…."

입을 다물어버리는 신태광의 면상에 대고 시호는 재차 볼펜으로 삿대질을 했다. 약을 올리기 위해 두 눈을 가늘게 뜨며 혀차는 소리를 내는 것도 빠뜨리지 않았다.

"청부 살인 의뢰비로 준 건 아니고?"

"아니라고!"

신태광이 자리에서 벌떡 일어나더니 시호의 손을 쳐서 볼펜을 벽으로 날려버렸다. 그러고는 책상 위에 펼쳐져 있던 보고서를 쏟어서 바닥에 내동댕이쳤다. 기다렸다는 듯 시호도 자리에서 일어나 한 손으로 신태광의 머리끄덩일 붙잡고 책상 위에 내리찍었다. 그와 동시에 몸으로 책상을 밀어 신태광을 꼼짝 못하게 벽에 갖다 붙였다.

"신태광 씨, 변호사 선임하고 딱 기다리고 있어요. 곧 잡으러 갈 테니까."

신태광과 경호원들이 강력팀 사무실 밖으로 나가는 걸 보며 배 형사가 거의 확신에 찬 목소리로 말했다.

"저 새끼가 청부 살인했다는 것에 제 손모가지 겁니다."

시호가 웃으며 증거물 보관용 비닐 백을 건넸다.

"이거 분석의뢰해주세요."

"이게 뭡니까? 웬 개털이에요?"

"신태광 씨 머리카락입니다. 사망한 피해자 몸 안에서 케타민이 발견됐습니다."

시호에게서 국과수 1차 정밀 분석 보고서를 건네받은 배 형사가 입으로 휘파람을 불었디.

"휴우, 이 정도면 코끼리도 쓰러뜨리겠는데요? 근데 피해자야 케타민 먹고 얼마 지나지 않아 사망했으니까 몸에서 나온 거지만 신태광 머리카락에서 나올까요?"

"물뽕부터 해피벌룬까지 다 잡아낼 수 있어요."

"그럼 신태광 머리카락에서 케타민 흔적이 나오면 빼박이겠는데요."

"아니에요. 케타민이 안 나오더라도 헤로인이나 코카인 성분만 나와도 됩니다."

배 형사가 알겠다는 듯 활짝 웃으며 시호에게 엄지를 치켜들었다.

"아! 칵테일! 케타민은 헤로인이나 코카인하고 섞어서 칵테일로 만들어 복용하니까?"

"네."

그렇게 되면 신태광의 살인 청부 쪽으로 무게가 기울게 된다. 하지만 시호의 마음에 더께처럼 들러붙는 의문점들이 있었다.

주리아의 운전기사는 청부 살인을 할 만한 상태가 아니었다. 살인사건이 발생한 날에도 주리아와 함께 지방의 한 작은 무인 모텔방에서 대마를 피웠다고 진술했다. 차 형사와 방 형사를 보내 확인해 보니 두 사람의 알리바이는 확실했다. 저크시즈 펠리스 안에서 청부 살인을 할 만한 인물을 찾아내야 한다.

마음에 걸리는 점은 또 있었다. 청부 살인이라면 굳이 신영호 대표가 사는 저크시즈 팰리스까지 찾아와 일을 벌일 필요가 있었을까? 마카오 여행지에서 처리하는 게 훨씬 수월하지 않을까? 전문가들은 대게 자신만의 흉기를 갖고 다니는데 범인은 현장에서 구한 흉기를 사용하고 현장에 두고 갔다.

비전문가의 냄새가 났다.

하긴 요즘에는 고작 천만 원에도 사람을 죽이겠다고 덤벼드는 얼치기들도 많다. 비전문가라고 해서 청부 살인하지 말란 법은 없다.

생각에 잠겨 있는 시호에게 막내 방이열 형사가 누런 대봉투를 들고 와 건넸다.

"사망한 신영호 씨 스마트폰 포렌식 보고서입니다."

대봉투 안에는 포렌식 보고서와 USB가 들어 있었다. 그걸 꺼내서 들여다보던 시호가 입을 열었다.

"협박 문자를 받고 있었네요."

배영민 형사가 다가와 시호 옆에서 보고서를 보더니 피식, 웃었다.

"이게 뭐예요? '난 네가 지난여름에 한 일을 알고 있다'도 아니고 이거 너무 전형적인데요?"

〈삭제된 메시지 복구〉

수신 / 22년 05월 12일 / 선불폰 번호 / 나는 네가 예전에 뭘 했
는지 알고 있다.

수신 / 22년 05월 14일 / 선불폰 번호 / 아직도 너 찾아다니는 사
람 많은 거 알지?

수신 / 22년 05월 17일 / 선불폰 번호 / 내가 입만 벙긋하면 넌
죽음이야.

수신 / 22년 05월 22일 / 선불폰 번호 / 10억. 코인 계좌로 입금
해라.

수신 / 22년 05월 25일 / 선불폰 번호 / 첨부 파일 / 동영상 파일.

"삭제된 동영상도 있네요."

시호가 차 형사에게 USB를 건넸고 차 형사는 컴퓨터에 USB
를 꽂았다. 그러자 모니터 화면에 여섯 개의 동영상 파일이 떴
다. 목록 제일 위에 있는 동영상을 재생시켰다.

화면 속은 흐릿했다. 어스름에 눈이 익으니 벽에 자잘한 타일

들이 다닥다닥 붙어 있는 게 보였다. 폐업한 대중목욕탕이라는 것을 알아차릴 수 있었다. 리놀륨 장판을 덧씌운 침상도 있었다. 그리고 그 위에 어떤 전라의 여자가 엎드린 채 누워있었다.

화면 바깥쪽 가장 어두운 부분에서 붉은 바탕에 노란 체크무늬 가사를 두른 남자가 등장했다. 얼굴에 붉은 목각 가면을 쓰고서.

남자는 한쪽 선반 위에 놓여 있던 카메라의 존재를 알고 있는지 장난스레 손가락으로 브이 모양을 만들었다.

"이기 뭐꼬? 몰카가?"

"쉿!"

시호가 얼른 우 형사에게 주의를 주었다.

남자가 선반에서 집어 든 건 섹스토이나 고문 도구가 아니었다. 타투용 니들이었다. 시호는 남자의 손놀림과 몸짓에 온 신경을 쏟아부었다. 남자는 네 개의 줄기와 커다란 꽃잎 다섯 장을 그려 넣고 있었다. 그리고 꽃잎 잎맥 하나하나에 산스크리트어로 된 색 글자를 새겨 넣었다. 시체꽃 문신이었나.

시호는 모니터 속으로 빨려 들어갈 것처럼 가까이 다가갔다. 자세히 보고 싶었다. 진짜 제 것과 똑같은지 보고 싶었다. 시호의 손가락이 꽃잎 하나를 짚었다. 그 순간 동영상이 끝나버렸다.

"앗, 다음 거 틀겠습니다."

차 형사가 얼른 마우스를 움직였다.

두 번째 동영상도 같은 장소, 같은 남자였다. 다만 리놀륨 장판 위에 누운 여자가 바뀌어 있을 뿐이었다. 이번엔 맷집이 좋은 중년 여성 같았다. 꽃잎이 큼지막하게 그려지고 있었다. 꽃잎 안에 색이 아니라 글자를 새겨 넣고 있는 게 확실하게 보였다.

피해자 신영호 씨와 비슷하게 남자의 손목에도 '옴 마니 반메 훔'이 문신으로 새겨져 있었다. 시호의 손가락이 바늘을 쥔 남자의 손과 팔뚝을 더듬었다. 붉은색 산스크리트어가 꽃잎에 채워지고 있었다.

"이 사람 혹시 피해자 신영호 씨일까요?"

배영민 형사가 고개를 갸우뚱거렸다.

"아니에요."

팀원들이 일제히 고개를 돌려 시호를 쳐다보았다.

시호는 남자의 정체보다 어째서 여자의 등판에 시체꽃 문신을 새겨 넣고 있는지가 더 궁금했다.

시간 날 때마다 전국 방방곡곡의 사찰과 타투숍을 찾아다녔다. 등에 새겨진 문신의 의미를 알아내기 위해서였다. 동생은 왜 그렇게 처참하게 죽어야 했으며, 그 모습을 왜 자신의 등에 새긴 것인지 알고 싶었다. 미치도록 알고 싶었다.

그래서 전국의 사찰과 타투숍을 찾아다녔지만, 문신에 대해 아는 자가 없었다. 다들 고대 산스크리트어 방언을 해독해내지 못했다. 무슨 의미인지, 무엇을 상징하는 것인지, 속 시원하게 말해주는 자가 없었다.

혹시나 하는 마음에 시체를 훼손한 사건이나 시체에 특이점이 있다고 하면 어디든 달려갔다. 그러다 보니 시호의 팀은 '잔혹범죄전담팀'이라는 별칭까지 얻게 되었다. 그런데 그렇게 찾아 헤매던 시체꽃 문신을 여기서 보게 될 줄이야….

"늡니꺼? 예?"

성질 급한 우 형사가 재촉했다. 그는 강철 추처럼 무거운 입을 가진 시호 때문에 답답해 죽을 것 같다는 표정을 짓고 있었다.

시호가 나지막하게 말했다.

"얼마 선에 소사했잖아요."

Diary

날짜 : 2010년 6월 10일

시험을 통과했다.

가장 힘들었던 시험은 역시 5일 동안의 금식과 5일 동안의 불면. 굶는 거야 어찌하겠는데 잠을 못 자는 건 정말 힘들었다.

사흘 째부턴 지도 스님이 내게 개가 되라 이르자, 진짜로 개처럼 짖고 개처럼 뛰고 개처럼 쌌다. 무아(無我)의 경지를 잠시 맛본 것 같았다. 닷새 째엔 언제 어디서 잠이 들었는지도 모르고 그냥 잤다. 정신을 차리고 보니 숙소였다.

내가 언제 개량 한복으로 갈아입은 거지?

어깻죽지가 따가웠다. 화장실로 달려가 한복 솔기를 끄집어 내려 어깻죽지를 거울에 비춰보았다. 거기에 작은 불상이 문신으로 새겨져 있었다. 불상 주변의 살이 빨갛게 부어올라 있었다.

세상에….

기절하다시피 쓰러져 있을 때 이걸 새겨 넣은 것일까? 시험을 통과했다는 표식일까? 누가 이걸 새긴 걸까? 엄동 스님일까,

아니면 주지 스님이? 쓰라리고 아팠다. 이런 걸 새기는 동안 몰랐다니, 너무 찜찜했다.

그때 방 안에서 핸드폰 벨 소리가 울렸다. 나는 화들짝 놀라 뛰어올랐다. 시험 하나를 통과할 때마다 지도 스님이 핸드폰을 돌려주고는 가족들에게 안부 문자를 보내게 했다. 가족들 걱정시켜선 안 된다면서. 문자를 보내고 나면 다시 가져갔다. 마지막 관문까지 통과했기 때문에 핸드폰을 돌려준 것일까?

얼른 가서 액정을 확인했다. '사랑하는 울 엄마'라고 떠 있었다. 엄마 전화를 받을까 말까 고민했다. 지금 기분이 좀 그랬다. 어제까지만 해도 명확했던 길이 오늘 아침에 보니 희뿌연 안개 속에 파묻혀 한 치 앞도 보이지 않게 된 기분이었다. 혼란스러웠다. 이럴 때 엄마의 목소리를 들으면 울음을 터트릴지도 몰랐다. 그러면 엄마는 당장 집으로 들어오라고 성화를 부릴 게 빤했다.

식당 조리실 옆에 딸린 여섯 평 남짓한 방 한 칸이 엄마의 보금자리였다. 거기는 엄마도 다리 뻗고 자기 힘들었다. 매일 그렇게 옹송그리고 잠을 자서 엄마가 점점 오그라드는 것처럼 느껴졌다.

불쌍한 우리 엄마.

평생 식당에서 일해온 우리 엄마.

그렇게 배불리 먹는 걸 못 봤는데 손이 찐빵처럼 퉁퉁 부은 우리 엄마.

그 손으로 뭇 사내들의 농지거리를 받아 가며 삼겹살을 구워 먹이던 우리 엄마.

수신 거부 버튼을 누르면서 마음을 다잡았다. 여기까지 오느라 얼마나 힘들었는데 다시 나갈 순 없다. 한번 탈퇴했다가 재가입하려면 벌금도 물어야 하고 재시험도 치러야 한다고 했다.

이젠 돌아갈 수 없다. 돌아갈 길이 없다.

누군가 숙소 방문을 노크했다.

"뭘 그렇게 긴장한 거야?"

리아 언니였다. 단발머리에 귀여운 얼굴의 리아 언니가 방 안으로 들어왔다. 내가 어깨 쪽을 만지작거리자 리아 언니는 소매를 걷어붙여 보여줬다.

"난 진언인데, 넌 예쁜 관음이네?"

아, 이걸 예쁘다고 좋아해야 하는 건가?

"제이 언니는요?"

"제이? 제이가 말 안 했어? 내일 입회식 때 가릉빈가로 뽑혀서 무대에 오르기로 했거든."

고대 법경 연극에서 가릉빈가로 뽑혀 입회식 무대에 오를 거란 말이었다. 제이 언니 정도라면 천상의 노래를 부르는 극락의 새, 가릉빈가 역으로 뽑힐 만하다고 생각했다. 연습하느라 날 보러오지 않은 걸까, 조금 섭섭했다. 하지만 곧 만날 수 있겠지.

내일이 입회식이다. 이제 진짜 마지막 관문만 남았다.

정신 차리자.

신입 신도들을 태운 버스는 제16기 입회식이 열리는 시민문화회관으로 출발하기 진 '하늘 세상'에 들렀다. 세속의 번뇌와 물욕을 끊은 '비상인'들만 입주할 수 있다는 하늘 세상을 둘러보면서 신입 신도들의 마음을 다잡기 위함이었다.

버스가 금빛으로 반짝거리는 철제 대문 앞에 도착했다. 그러자 대문이 자동으로 열리고 눈앞에 끝도 없이 펼쳐진 진입로가 나타났다. 진입로 양쪽으로 버스보다 더 큰 황금 불상들이 줄지어 서 있었다. 황금 불상을 받들고 있는 황금 연꽃마다 이름이 적혀 있었다. 아마도 불상을 세울 때 시주한 신도들의 이름인 모양이었다. 그중에 전직 대통령과 국회의원, 유명 배우의 이름도 보였다. 황금 불상들 뒤로는 보라색 금잔디가 끝도 없이 펼쳐져 있었다. 금잔디 위를 아이들이 천진하게 뛰어놀고 있었다. 지상낙원이 따로 없었다.

조금 더 올라가자 주거지역이 나왔다. 백설기 같은 집들이 줄지어 수십여 채가 들어서 있었다. 소박했지만 예뻤다. 그곳에서 사는 비상인들이 모두 밖으로 나와 손을 흔들어주었다. 하나같이 단출했지만 깨끗한 옷을 입고 있었고, 혈색 좋고 건강해 보였다.

부러웠다. 돈을 벌려고 아등바등할 필요도 없는 삶, 욕심을 버리고 남을 위해 헌신하며 사는 삶, 눈앞에 길이 쫙 펼쳐져 있어서 그것만 보며 달리면 되는, 단순하지만 번민 없는 삶, 그런 삶이 부러웠다.

어제 하루 동안 마음에 드리웠던 안개가 걷힌 기분이었다.

버스가 멈춰 선 건물 앞에는 오색 실타래를 손에 든 '비상인'들이 모여 있었다. 나와 신입생들이 버스에서 내리자 비상인들이 다가와 오색 실타래를 목에 걸어주었다.

"시험에 통과한 걸 축하해요."

"축하해요."

"환영합니다."

건물 입구에 멋들어진 글씨체로 '하늘 병원'이라고 찍힌 나무 현판이 걸려 있었다. 병원 책임자로 보이는 스님이 입구로 나와 하늘 병원에 대해 간략하게 소개했다.

"세속과 번뇌를 벗은 비상인들만 사는 하늘 세상이라 해서 의료 시스템이 갖춰져 있지 않은 곳인 줄 알았죠? 아닙니다. 이렇게 양, 한의학 서비스를 모두 받을 수 있는 병원입니다."

크지는 않았지만 붉은 벽돌로 지어진 3층짜리 건물이었다. 우리는 한 줄로 서서 병원 안으로 들어갔다. 개량 한복 차림의 비상인들이 대기실에 삼삼오오 모여 앉아 있었다. 대기실에 앉아 있던 비상인들이 한달음에 달려와 신입 신도들의 손을 맞잡고 흔들었다. 비상인들은 한결같이 온화한 미소를 지으며 반겨

주었지만 나는 어딘가 모르게 이상한 느낌을 받았다. 오른쪽이
든 왼쪽이든 다들 눈에 안대를 끼고 있기 때문일지도 몰랐다.
눈병이 유행인가 싶을 정도였다. 한쪽 다리가 없는 사람도 있
었다.

"저기 스님, 화장실 좀 다녀오겠습니다."

"화장실은 저기 왼쪽 복도 제일 끝 쪽에 있습니다."

지도 스님에게 화장실 위치를 물어본 뒤 나는 견학 대열에서
빠졌다.

복도 양 갈래에서 왼쪽으로 꺾어 맨 끝으로 갔더니 휠체어도
다닐 수 있게 미끄럼 방지 테이프를 붙여 놓은 오르막길이 나타
났다. 천천히 걸어 올라갔더니 입원 병동이 나타났다. 마침 병동
복도 중간에 화장실과 샤워실을 가리키는 표지판이 보였다.

병동을 가로지르는데 어느 병실에서 통곡 소리가 터져 나왔
다. 나는 무슨 일인지 궁금해 병실 안을 들여다보았다. 환자복을
입은 중년 남성이 허벅지만 남은 자신의 다리를 붙들고 오열하
고 있었다. 간호사 복장의 비구니들이 침상 주위에 둘러서서 그
를 위로해주었다.

"김 비상인님, 너무 슬퍼 마세요. 그래도 무릎 공양으로 이번

달 이자는 탕감하셨잖습니까?"

"이, 이렇게 다리를 잘라 가시면 저, 저는 앞으로 무슨 일을 해서 빚을 갚으란 말씀입니까?"

비구니 간호사가 그의 등을 토닥여 주었다.

"다른 쪽 무릎이 남아 있지 않습니까? 아직 한쪽 눈도 남아 있고요."

옆에 서 있던 다른 비구니 간호사가 근심 어린 표정으로 말했다.

"김 비상인님, 이렇게 육신에 집착하시다간 비비상인으로 강등되십니다."

조금 전까지 통곡했던 남자가 갑자기 눈물을 훔쳤다. 그리고 두 팔을 번쩍 들어 올리며 외쳤다.

"아, 아닙니다. 아닙니다. 기꺼이 내드릴 수 있습니다. 대자대비 금강삼매 창시관음 육관음님, 대자대비 금강삼매 창시관음 육관음님, 대자대비 금강삼매 창시관음 육관음님!"

"신입 신도님?"

뱀처럼 차가운 목소리에 나는 화들짝 놀라서 뒤돌아보았다. 등 뒤에 지도 스님이 바짝 붙어 서서 미소 짓고 있었다. 등골에 식은땀이 흘렀다.

"이곳은 신체 공양하신 비상인님들이 회복하시는 곳입니다."

마른침을 삼켰다. 꿀꺽, 소리가 너무 크게 나서 얼른 고개를 숙이고 사과했다.

"아, 죄송합니다."

"공양간에 잔칫상을 봐뒀으니 얼른 갑시다."

뒤에서 천천히 따라오는 지도 스님의 눈초리가 나를 마구 찔러댔다.

오색 실타래를 목에 건 신입 신도들이 줄지어 공양간으로 들어가고 있었다. 나도 대열 꽁무니에 서서 따라 들어갔다.

체육관 크기의 커다란 식당 안에는 긴 테이블이 줄지어 놓여 있었다. 흰 식탁보 위에는 뷔페식으로 음식들이 차려져 있었다. 갈비찜과 잡채, 탕수육과 팔보채, 스테이크와 피자까지. 한식뿐만 아니라 중식, 양식까지 먹음직스럽게 담겨 있었다. 맥주와 소주, 각종 음료도 구비되어 있었다.

그동안 마음대로 먹고 마시질 못했던 신입 신도들이었기에 다 같이 환호하며 우르르 몰려갔다. 접시에 음식을 맘껏 눌러 담는 사람도 있었고 담으면서 손으로 몇 개 집어먹는 사람들도 있었다.

하지만 나는 좀 전에 병동에서 보았던 장면 때문에 입맛이 싹 가신 상태였다. 무릎 공양이라니 도대체 그게 무슨 뜻일까? 아직 한쪽 눈이 남았다는 건 또 무슨 뜻일까? 정신을 차리고 보니 김밥 하나 담질 않고 빈 접시만 들고 자리에 앉고 있었다. 도로 일어나서 맨밥이라도 접시에 담아서 올까 고민했다.

"맥주 한잔 안 할래요?"

내 앞에 앉은 남자가 입가에 소스를 잔뜩 묻힌 채 맥주 컵을 건네며 헤헤거렸다.

"전 됐어요."

단식 끝에 술을 마시는 게 걱정되기도 했고 생판 모르는 남자와 술잔을 주고받고 싶지도 않았다.

그때 지도 보살들과 육관음 대자대비님께서 들어오셨다.

"대자대비 금강삼매 창시관음 육관음님!"

누군가 선창을 하자 신입 신도들 모두 숟가락을 놓고 따라 외치기 시작했다.

"대자대비 금강삼매 창시관음 육관음님!"

창시 교주 육관음님의 이름을 외는 것만으로도 모든 번뇌와 물욕이 사라지고 깨끗한 영으로 정화된다고 했다.

"대자대비 금강삼매 창시관음 육관음님!"

"대자대비 금강삼매 창시관음 육관음님!"

육관음님이 두 손을 번쩍 치켜들었다. 실내는 순식간에 조용해졌다.

"조금 전 입으로 맛있는 음식을 받아넘기며 즐거움에 사로잡혔던 어린 신도님들은 모두 일어나십시오."

지원자들이 너도나도 할 것 없이 자리에서 일어났다. 난 먹은게 없어서 그냥 자리에 앉아 있었다.

"깨달음을 얻고 번뇌와 물욕을 끊어내기 위해선 육체를 다스리고 쾌락을 찾지 말며, 식탐을 다스려야 합니다. 자, 잠시라도 세 치 혀의 즐거움에 빠졌던 여러분, 스스로를 질책하십시오. 자기 자신에게 매질을 하십시오. 스스로를 때릴 수 없다면 맞은편에 앉아 있는 신도님에게 때려달라 요청하십시오."

그러자 갑자기 여기저기서 짝, 짝, 뺨을 때리는 소리가 울렸다.

"날 때려줘요. 어서요."

앞에 앉아 있던 남자가 나에게 덮칠 듯 매달렸다.

"난 죄인이에요. 맞아도 싸요. 제발 날 때려줘요."

"왜 이래요? 싫어요."

때리고 싶지 않았다. 내가 완강하게 거부하자 남자는 다른 사람에게로 달려갔다.

여기저기서 뺨 때리는 소리, 용서를 구하는 소리, 더 때려달라는 소리가 터져 나왔다. 나는 주위를 천천히 둘러보았다. 찬물을 뒤집어쓴 것처럼 한기를 느꼈다. 신도들은 맞고 걷어차이고 엎어터지면서 기뻐하고 있었다.

이대로 입회식에 참석해서 법명을 받고 정식으로 입단하는 게 맞을까? 모든 게 혼란스러웠다.

제이 언니와 함께 있을 땐 이렇지 않았다. 두렵지 않았다. 불안하지 않았다. 모든 것이 분명했다. 따듯했다. 누군가에게 안겨 있는 것처럼 안온했다.

8

붉은 목각 가면을 쓰고 있던 동영상 속 남자는 그때보다 살집이 많이 붙었다. 시호가 동영상을 캡처해 프린트한 종이들을 내밀자 덜덜 떨기 시작했다. 소형 카메라를 향해 손가락으로 V자를 만들어 보이던 그 뻔뻔함은 어디론가 사라진 모양이었다.

"미성년자 성착취물은 찍는 것만으로도 청소년성보호법 제11조에 의거, 무기징역 또는 5년 이상의 유기징역에 처할 수 있습니다. 공소시효도 없고요. 그런데 그걸로 협박까지 했으니 10년은 너끈히 받으시겠습니다."

"이, 이게 어떻게 성착취물입니까?"

남자는 억울해 죽겠다는 듯 눈썹머리를 위로 치켜들었다.

"EBS 교육 영상은 아니잖아요?"

시호의 냉랭한 목소리에 남자의 기가 팍 꺾였다.

"죄, 죄송합니다. 정말 죽을 죄를 지었습니다."

"팔목에 그 상처, 얼마 전에 레이저로 문신 지운 거죠?"

시호의 말에 옆에 앉아 있던 우 형사가 남자의 팔뚝을 붙잡아 소매를 걷어 올렸다. 거기엔 미처 다 지워지지 않은 문신이 남아 있었다. 먹색 점과 빨간 상흔 사이에 물집이 잡혀 있었다.

"박순만 씨, 신영호 씨를 왜 협박했나요?"

박순만이 잠시 고민에 빠졌다가 내뱉은 말은 전혀 예상치 못했던 이야기였다.

"그놈이나 나나 땡중 노릇한 건 똑같은데, 그놈은 궁궐 같은 집에 번듯한 회사까지 얻었지만 나는 그놈 운전수 노릇이나 하고 있잖습니까? 더럽고 치사하고 아니꼬워서 그랬습니다. 근데 진짜로 돈을 뜯어낼 생각은 아니었어요."

시호 옆에 앉아 있던 우 형사가 몸을 박순만 쪽으로 당겨 앉았다.

"신영호 씨가 땡중이었다고요?"

"그땐 땡중이 아니라 거의 신적인 존재였죠. 그 새끼가 죽으라고 하면 죽는시늉이라도 했었으니까요. 우린 그 새끼가 관음의 출현 전에 중생들을 고통으로부터 지켜주는 대자대비(大慈大悲)의 육관음이자, 항하사겁(恒河沙劫)의 지혜인 금강삼매(金剛三昧)인 줄 알았다니까요."

우 형사가 콧방귀를 끼며 물었다.

"그기 뭡니꺼?"

박순만 대신 시호가 대답했다.

"신영호 씨가 여섯 관세음보살인 줄 알았다는 거예요. 하나도 아니고 여섯 관세음보살의 현신이라니 기가 막히는군요."

박순만이 격하게 고개를 끄덕였다.

"관세음보살은 대개 모성을 뜻한다고 알고 있는데, 어째서 남자인 신영호 씨가 육관음의 현신이라고 믿은 겁니까?"

"원래 관세음보살은 여성으로 보면 여성이고, 남성으로 보면 남성이기도 합니다. 지금 제작되고 있는 관세음보살상 인상이 섬세하고 부드러워 여성의 이미지를 풍기고 있지만, 자세히 보면 수염도 있고 가슴도 없어요. 신영호 그 새끼가 밋밋하게 생겼는데 그게 중성적인 이미지로 보이거든요. 약간 도인 같은 느낌도 나고, 손가락도 여섯 개고, 뭐 이것저것 온갖 걸 다 끌어들 였죠."

시호가 사진 속 여자의 등판을 가리켰다.

"이 문신은 뭡니까?"

거기엔 시호의 시체꽃 문신처럼 산스크리트어로 채워진 꽃이 새겨져 있었다.

"무, 무슨 문신요?"

"당신이 여자들 등에 새긴 이 꽃 문신요."

"아아, 여의륜관음보살 문신요?"

여의륜관음보살은 여의보주(如意寶珠)와 윤보(輪寶)의 공덕 (功德)으로 일체중생의 고통을 구제하고 소원을 성취시켜 준다 는 여섯 관음 중의 하나이다.

"이게 어딜 봐서 여의륜관음보살이죠? 꽃만 있잖아요."

저도 모르게 시호의 언성이 높아졌다.

"아, 이건 연화입니다. 여의륜관음보살을 그릴 때 꼭 들어가 는 여의보주, 영주, 연화, 윤보 중에 연화입니다. 문신을 새기는 도중 여신도가 깨는 바람에 그만뒀죠. 그래서 연화만 있는 겁 니다."

이게 연꽃 방석이라고? 시호는 입술을 깨물었다. 자신의 등 판에 새겨져 있는 문신도 미완성작일 수 있을까? 어떤 존재를 떠받치기 위한 꽃받침일 수도 있을까? 박순만의 멱살을 부여잡 고 물어보고 싶은 마음을 억지로 누르며 시호가 물었다.

"꽃잎 안에 색으로 글자를 새겨 넣던데 그건 왜 그런 겁니까? 무슨 뜻입니까?"

"그거는 신영호가 시켜서 그렇게 한 거지 의미는 잘 모릅니 다. 꽃잎 안에 새겨야 할 글자들을 프린트해서 줬어요."

시호는 죽은 신영호를 깨워서 물어보고 싶었다. 문신의 의미 는 무엇인지, 혹시 피의 제단을 꾸민 놈들과 어떤 관계가 있는 건지.

그날 배에 시호 자매를 태운 사람들은 엄마, 아빠가 있는 곳 으로 데려다준다고 말했다. 그러니 적어도 시호의 엄마, 아빠가 돈 몇 푼에 자식을 넘길 정도로 도박에 빠져 있었다는 걸 아는 작자들이었다.

흰 한복을 입은 여자가 승선 전에 시호와 동생을 붙잡아 이리 저리 살펴보았다.

"쌍둥인 없었어?"

민마발이 하우스장에서부터 시호와 동생을 차에 실어 데려온 남자가 구시렁거렸다. 남자는 하우스장 '딱지'였다. 딱지는 하우스장 안에서 돈놀이를 하는 고리대금업자를 뜻한다.

"아니, 일주일 만에 쌍둥이를 어떻게 구해? 자기가 구해보던지. 생시 같은 애들이 길거리에 막 쏘다니는 줄 알아? 엉?"

딱지가 으르렁거렸지만, 여자의 기세등등함은 조금도 꺾이지 않았다. 빨간 매니큐어를 칠한 손이 동생을 붙잡으려 해서 시호가 그 앞을 가로막았다.

"둘 다 축시생이라고? 희한하게 생시가 같네. 괜찮네. 이 정도면…."

내려다보는 여자의 눈매가 사나웠다. 양쪽 눈썹을 치켜뜨며 두 눈을 부라렸다. 그런데 입꼬리를 한껏 끌어당겨 웃고 있었다. 그 미소가 섬뜩했다.

"얘들아, 이제 가야지? 엄마, 아빠 보고 싶지? 어서 타!"

엄마, 아빠를 보러 간다는 건 거짓말이었다. 그걸 깨닫게 된 건 갑판 밑에서 남자아이를 만났을 때였다. 남자아이의 부모가 시호의 부모와 같을 순 없으니까.

제일 먼저 끌려 올라간 남자아이는 어떻게 되었을까? 지금까지 살아 있을까?

경찰이 된 후 시호는 실종 아동 명단에서 '시호'라는 이름의 남자아이를 찾았다. 하지만 시호라는 이름을 가진 남자아이는 실종 명단에 없었다. 그 아이에게도 시호처럼 문신을 새겨넣었을까? 아니면 여동생처럼 참혹하게 죽임을 당했을까?

소원을 들어준다는 여의륜관음보살.

피의 제단을 차린 자들은 대체 어떤 소원을 빌었던 것일까?

그리고 신영호는 그들과 정말 아무런 연관이 없는 것일까?

"그래서 지기뼀습니까? 신영호 씨가 돈도 안 주고 버티니까 고마 직이삐자 했습니까?

우 형사의 호통에 시호는 퍼뜩 정신을 차렸다.

"아, 아닙니다. 돈 받기로 했습니다."

시호가 포렌식 보고서를 빠르게 넘기며 물었다.

"없는데요? 돈 주고받기로 한 문자는요."

"제가 협박범인 줄 모르고 대표님이 저하고 상의했습니다. 날짜 정해서 코인으로 바꾸라고요."

우 형사가 비웃었다.

"아까는 땡중이라 안캤습니꺼? 돈 준다카니까 이젠 마, 대표님입니꺼?"

박순만의 목울대가 꿀렁거렸다.

"신영호 씨가 그 동영상을 찍으라고 시킨 건가요?"

시호의 물음에 박순만은 고개를 저었다.

"아닙니다."

"아닌데 왜 신영호 씨가 협박에 응한 겁니까?"

"육자대명왕 창시관음교라고 들어보셨나요?"

"머라꼬예? 육대창?"

박순만이 답답해 죽겠다는 표정으로 다시 설명을 이어 나갔다.

"EM 파이낸셜은 육자대명왕 창시관음교 신도들의 재산을 착복해 설립한 회사입니다. 교주인 신영호가 교단 재산을 모두 자기 앞으로 돌려놓고 튀었거든요. 그런데 아직 육자대명왕 창시관음교가 완전히 와해된 게 아니에요. 신영호 밑에 있던 제자들 중 한 명이 육자대명왕 창시관음교를 이어받았거든요. 그들 입장에선 신영호가 신성한 교단 재산을 도둑질한 이단이니까 똥물에 튀겨 죽여도 시원찮겠죠."

"신영호 씨를 죽이려고 벼르고 있는 사람들이 있다는 겁니까?"

교단을 위해 모든 걸 바친 신도들이 신영호를 가만두지 않을

게 분명했다. 그래서 신영호는 육관음의 상징처럼 써왔던 육손을 제거했던 건지도 모른다.

"이 새끼가 얼마나 악랄하게 남의 재산을 착복했냐면, 전 재산을 기부해야 극락 세상인 '하늘 세상'에 들어가 살 수 있는데, 전 재산을 기부하고 하늘 세상에 들어온 사람들에게 밥이고 물이고 전부 구매하게 했습니다. 그러니 이미 빈털터리가 된 사람들이 뭘 하겠습니까? 나이 많은 사람들은 논이나 밭을 일궈야 했고 젊은이들은 밖에서 공부방을 운영하면서 밤낮없이 일해야 했어요. 이렇게 밖에서 생활하는 젊은이들이 교단에서 탈퇴할까 봐 강제로 결혼시키고 합방시켜서 애도 낳게 하고 애들은 하늘 세상에서 볼모로 잡고 그랬죠. 그걸로도 모자라서 가짜 대부 업체를 만들어서 신도들한테 고리대금을 빌려줬어요. 빌려준 돈을 못 갚으면 장기라도 팔게 했고요. 그런데 결정적으로 그 사고가 있었고요."

"그 사고요?"

"2010년도 입회식 때 큰 화재가 발생했어요. 그때 목숨을 잃은 신도들이 꽤 됩니다. 화재의 책임이 신영호에게 있다고 생각하는 사람들도 있습니다."

2010년도면 시호가 아직 고등학생일 때였다. 경찰대에 들어가기 위해서 하루에 2시간만 자면서 공부했던 때였다. 그래서 그런지 사이비 종교 단체에서 화재가 발생했다는 뉴스를 본 적이 없었던 것 같았다.

"당신은요? 당신은 신영호 씨에게 원한 가진 게 없나요?"

"거짓말 아니고 신영호가 꼴 보기 싫고 아니꼽고 그렇지만 그놈이 죽으면 저한테 아무런 이득이 없습니다. 그런데 왜 제가 죽이겠어요?"

피해자인 신영호의 원한 관계를 캐면 캘수록 용의자들이 고구마 줄기처럼 줄줄이 딸려 올라오고 있었다.

아버지의 재산이 당장에 필요한 신태광, 과거를 협박해 돈을 뜯어내려고 했던 박순만, 여전히 사이비 종교 교단을 운영하면서 배신자를 처단하려는 집단, 정신 차리고 교단을 탈퇴하고 나왔지만 가진 것 하나 없이 만신창이가 된 옛 신도들, 화재 사건의 피해자나 피해자의 유가족.

박순만을 놀려보낸 후 시호는 2010년에 발생한 화재 사건에 대한 경찰 자료를 찾았다. 그 화재 사건으로 교주인 신영호가 경찰조사를 받았다고 했는데 이상하게도 남아 있는 자료가 없었다. 무슨 이유 때문인지 기사도 전부 내려가 있었다.

혹시나 하는 마음에 시호는 자리에 앉아 컴퓨터를 켜서 인터넷을 뒤졌다. '입회식 화재 사건'이라고 검색창에 치자 엉뚱하게도 '인체 자연발화'에 관한 글과 동영상이 떴다.

"인체 자연발화라고?"

동영상이 첨부된 게시글에선 외부의 또렷한 발화체 없이 신체 내부에서 화재가 발생하는 것을 인체 자연발화라고 소개했다. 그리고 외국의 사례를 몇 개 들었다. 조선 순조 때 불륜 남녀에게서 발생한 자연발화 사건도 나와 있었다. 글의 말미쯤에 12년 전 사건이라며 입회식 화재 사건에 대한 간략한 설명과 함께 동영상이 하나 올라와 있었다.

동영상을 클릭해 보았다. 저화질 영상이라서 신체 내부에서 발화가 됐는지, 외부에서 발화가 됐는지 알 수 없었다.

온갖 꽃으로 장식된 연꽃 마차에 가부좌를 틀고 앉은 선녀 차림의 여자가 그렇게 가만히 앉아 있다가 삽시간에 불타버리는 장면이었다. 마차 주위에 서 있던 사람들이 미친 듯이 도망치는 모습까지도 담겨 있었다. 어딘가 연극적이면서 부자연스러운 느낌이 드는 영상이었다. 21세기 대한민국에서 아직도 저런 무속적이고 초자연적인 일들이 일어나다니, 도저히 실감이 나지 않았다.

하지만 이런 저화질의 영상이라도 찍혀 있다는 건 누군가 남긴 영상 기록이 있다는 뜻이었다. 요즘엔 저화질 동영상을 디지털화해서 고화질로 바꾸기도 하니까 영상과 글을 올린 사람을 찾기로 했다.

나는 지금 버스 안이다.

입회식에 참석하기 위해 시민문화회관으로 가고 있다.

제이 언니를 만나야 한다.

9

육자대명왕 창시관음사의 육자대명왕 창시관음교.

2010년 창시 교주인 육관음이 경찰에 체포되면서 세간에 알려지게 된 사이비 종교다. 죄명은 '업무상 중대 재해'였다.

12년 전 입회식 축하 공연 중 의문의 화재가 발생해 많은 신도들이 다치고 죽었다. 이 일로 창시 교주뿐만 아니라 지도부와 청년부 임원들이 경찰에 연행되었다. 이 사건이 보도되면서 육자대명왕 창시관음교의 휘황찬란한 입회식 영상이 각 채널의 뉴스 프로그램을 장식했다.

어제 동영상 업로더를 찾아내 만났는데 그 동영상은 티브이에서 나오는 걸 휴대폰으로 찍은 것뿐이라고 했다. 그래서 그렇게 화질이 나쁜 거라고….

시호는 하는 수 없이 무턱대고 종교신문사에 전화를 걸었다. 화재 사고까지 있었던 사이비 종교에 대해 종교신문사에서 취재하지 않았을 리가 없었다. 마침 오랫동안 사이비 종교 기획 기사를 썼던 기자가, 지금은 편집부 부국장으로 승진해 있었다. 시호는 경찰청으로 출근하기 전 신문사에 들르기로 약속을 잡았다.

"경찰 쪽에 남은 자료가 거의 없던데 그건 어떻게 된 일입니까?"

시호가 손님 접대용 의자에 앉자마자 물었다.

"육관음이 증거 불충분으로 무죄 석방되면서 허위 사실 유포 및 명예훼손 금지 가처분 신청을 냈어요. 그래서 육관음에 대한 기사가 모두 내려갔지요. 경찰 쪽도 마찬가지였겠죠."

부국장이 직접 타온 믹스커피를 시호 앞에 내밀었다.

사방이 책장으로 둘러싸인 사그마한 사무실이 부국장실이었다. 책을 너무 좋아해서 머리에 이고 지고 다닐 사람 같았다.

"그렇게 된 거였군요."

시호는 따뜻한 믹스커피를 홀짝였다. 하지만 빈속이라 그런지 속이 쓰렸다.

"한창 떠들썩하다가 2년 뒤인가? 2012년 런던 올림픽과 대통령 선거에 파묻혀서 육관음 재판 결과는 언론의 관심에서 광속으로 멀어졌죠. 그래서 육관음이 무죄 석방된 걸 아무도 모르는 거죠."

"혹시 입회식 영상이 있나요?"

인터넷에 떠돌고 있는 자연발화 동영상은 저화질이어서 사람 얼굴도 구분하기 힘들었다.

"있습니다."

보여달라고 할 줄 알았다는 듯 부국장은 노트북을 들고 와 테이블 위에 올렸다.

"복사본이 필요합니다."

"왜 필요한지는 알아야 줄 거 아닙니까."

부국장이 시호에게 흔쾌히 시간을 내준 건 기자로서의 호기심과 직감 때문인 모양이었다. 그는 궁금해서 미칠 것 같다는 표정을 짓고 있었다.

"신영호 씨가 얼마 전 살해당했습니다."

"신영호? 그 사람이 누군데요?"

"개명을 했더라고요. 예전엔 신덕음이라고…."

"신덕음? 육관음이요?"

부국장은 노트북에 USB를 꽂았다.

"사실 지금까지 육관음이 안 죽고 잘살고 있는 게 신기한 거죠. 원래 애네들이 공산주의 국가처럼 공동생산, 공동 분배 어쩌고 하면서 자급자족했거든요. 그래서 농장도 운영하고 '하늘 세상'인가 하는 공동체 마을도 짓고요. 이 하늘 세상이 진짜 골 때렸죠.

관음교 신자들의 최종 목표가 '하늘 세상'에 들어가 사는 건데, 거기 들어가려면 가지고 있던 것 전부를 기부해야 했어요. 그런데 '하늘 세상'으로 들어가도 그게 끝이 아니었어요. 거기서 쓰는 생활비뿐만 아니라 교단 운영비까지 모두 신도들이 책임져야 했죠. 이미 빈털터리였던 신도들은 신체 포기각서라도 쓰고 사채업자한테 돈을 빌렸고, 그 돈을 교단에 헌납했죠.

이자를 못 갚은 신도들은 진짜 신장에 안구에 무릎 언클까지 다 팔아야 했고요. 그런데 이 대부 업체 사장이 누군지 아십니까? 육관음이었던 겁니다. 악랄한 놈이죠. 그러다가 그날 화재 사건이 발생하면서 교단이 쇠락의 길을 걷게 됐습니다. 경찰 조사를 받고 풀려난 육관음이 교단의 모든 공동 재산을 개인 재산으로 바꿔서 날랐고요."

"화재 원인은 뭔가요? 인터넷에서 떠드는 대로 인체 자연발화인가요?"

시호의 물음에 부국장이 푸핫, 하고 웃음을 터트렸다.

"뭐 그런 초자연적인 현상은 아닌 것 같고, 축하 공연 도중 열성 신도가 소신공양했다고 하더라고요."

"소신공양요?"

소신공양은 자기 육체를 불태워 부처에게 바치는 걸 말한다.

"묘법연화경에서 약왕보살이 향유를 몸에 바르고 스스로 자기 몸에 불살랐던 데서 유래합니다. 경전은 이를 참답게 공양하는 길이라며 칭송하지요. 나라를 다 바치고 처자로 보시하여도 이것이 제일의 보시다, 라고 하면서요. 그리고 소신공양했던 약왕보살은 나중에 다시 태어나고요."

"도대체 얼마나 믿음이 강하면 그런 짓을 할 수 있죠?"

"그러게 말입니다."

부국장은 쏩쓸한지 입맛을 다셨다.

"근데 이 불교 교리라는 것이 절대 신을 믿는 게 아니거든요. 육관음이 교단 재산을 들고 날랐지만, 육관음 밑에서 돈 바쳐, 몸 바쳐 헌신했던 지도부 중에 예인숙이라는 여자가 남은 신도들을 다 데리고 무진시 외곽에 '하늘 세상' 공동체를 다시 세웠습니다. 스스로 미륵보살이라 칭한다고 하더라고요. 공동체가 점점 과격해지고 있다는 소문도 있고요. 근데 신덕음도 그렇고 부교주였던 엄동도 그렇고….'

"엄동요?"

"법명이 엄동인데, 신덕음의 아들이에요."

엄동은 신영호의 아들 신태광을 말하는 것이었다. 폭력과 마약 전과가 있는 놈이 머리를 깎고 땡중 노릇을 했다니 믿어지지 않았다. 다만 봉사활동 시간에 폭력을 행사했다는 신태광의 전력에 신빙성이 더해지긴 했다.

"이 부자를 '배덕의 마라'로 칭하고 교단에서 현상금을 내걸 정도로 잡으려고 혈안이 되어 있다네요. 마라 부자가 그래서 경호원들을 달고 다니는 겁니다. 보안이 철저한 곳에서 살고요. 근데 죽었다니 신기하네요."

노트북에 USB를 꽂은 부국장은 십여 개의 동영상 파일 중 하나를 클릭했다. 디지털화하여 고화질로 복원한 영상이라고 했다.

모니터 화면에는 오색찬란한 연등이 가득 들어찼다. 화면 오른쪽 하단에 '2010년 6월 11일'이라고 날짜가 찍혀 있었다.

흰 개량 한복 차림의 신도들이 8열 종대로 서서 입장했다. 꽤 큰 시민문화회관을 대관한 모양이었다. 무대 위에는 여덟 명의 보살이 물빛 한복을 입고 열렬하게 손뼉을 쳤다. 저 여덟 명 중에 스스로 미륵임을 천명하고 현재의 관음교를 이끄는 예인숙 지주가 있을 것이다.

무대 가운데에 종이 연꽃으로 꾸민 연단이 하나 더 있었는데 거기에 황금 가사를 입은 육관음이 서 있었다. 육관음 뒤로는 색색의 휘장과 '16기 신입 신도 환영' 등의 축하 메시지가 적힌 플래카드가 장식되어 있었다.

입회식 시작 전부터 개량 한복을 입은 신도 수백 명이 춤을 추고 노래를 부르고 있었다. 그 동작 하나하나가 아이돌 '칼군무'보다 더 잘 맞아 북한의 열병식처럼 놀라움과 두려움을 동시에 느끼도록 만들었다.

춤을 추던 신도들이 하나둘 동작을 멈추고 구호를 외치기 시작했다.

"대자대비 금강삼매 창시관음 육관음님!"

"대자대비 금강삼매 창시관음 육관음님!"

"대자대비 금강삼매 창시관음 육관음님!"

그 구호에 화답이라도 하듯 육관음이 손을 들어 흔들었다. 수백 명의 신도가 금방이라도 기절할 것처럼 환호했다.

분위기가 걷잡을 수 없이 고조되었을 즈음, 온갖 종이꽃과 장신구로 치장한 연꽃 마차가 등장했다. 마차를 끄는 사내가 낯익었다.

"여기 지금 이놈이 바로 엄동입니다."

신태광이었다. 신태광은 마차를 무대 중앙까지 끌어다 놓은 뒤 연꽃에 붙은 밧줄을 잡아당겼다. 그러자 커다란 연꽃잎이 사방으로 활짝 펼쳐졌다.

거기엔 선녀 복장을 한 여신도가 목에 주먹만 한 크기의 굵은 백옥 염주를 두르고 가부좌를 틀고 앉아 있었다. 신태광은 가지런히 모아 합장하고 있는 여신도의 두 손에 향초를 꽂아준 뒤 무대 반대편으로 후닥닥 뛰어 내려갔다. 향초 불이 마람결에 실랑거렸다. 하늘에서 내려온 선녀같이 아름답다고 생각한 순간, 여신도의 가슴에서 불길이 팟, 하고 일었다. 불길은 순식간에 여신도와 꽃마차를 집어삼키고 무대를 장식한 종이꽃과 연등으로 옮겨갔다.

눈치가 어찌나 빠른지 육관음은 바로 무대 밑으로 뛰어 내려갔다. 무슨 일인지 몰라 멍하니 서 있던 보살들도 비명을 지르며 무대 밑으로 뛰어내렸다.

무대는 순식간에 화염의 독무로 변했다. 불길이 천장까지 치솟았고 시민문화회관 안은 매캐한 연기로 자욱했다.

객석에 있던 신도들이 비명을 지르며 뒤쪽 비상구를 향해 뛰었다. 객석은 아비규환으로 변했다.

무대와 객석을 비추고 있던 카메라가 넘어졌다. 그 바람에 카메라 화면이 꺼졌다. 오로지 살려달라는 비명과 절규만이 계속되었다. 듣는 것만으로도 시호는 괴로웠다. 부국장도 마찬가지였던지 동영상 재생을 중지시켰다.

"이날 32명이 사망했고, 146명이 중경상을 입었습니다. 그런데 이게 한 신도의 소신공양 때문에 발생한 화재 사건이기도 하고 무대 쪽 비상구를 막은 시민문화회관 쪽 잘못도 커서 육관음이 그 책임을 피해 갈 수 있었던 거죠."

세상에서 제일 위험한 것은 어쩌면 '악'이 아닐지도 모른다.

자기 행동이 옳다고 믿는 잘못된 '선'이 제일 위험한 게 아닐까?

"이걸 왜 소신공양이라고 보시는 거죠?"

"그럼 인체 자연발화인가요? 여러 정황 증거들로 보아 가장 자연스러운 쪽은 소신공양인 것 같은데요."

아무래도 부국장은 종교신문 기자 생활을 오래 해서 그런지 이런 이해하기 어려운 현상을 종교적으로 해석하려는 경향이 있는 것 같았다.

"뜨거운 불길 속에서 사람이 소리를 지르지 않을 수 있나요?"

"베트남에 틱꽝득 스님이라고 베트남 불교를 위해 온몸에 휘발유를 뿌리고 소신공양한 분이 있습니다. 그분은 화염 속에서도 신음조차 내뱉지 않았다고 합니다."

"그런 고승 정도는 돼야 그렇지 않을까요?"

"아니면 광신이거나?"

시호는 고개를 가로저었다. 광신이라면 더더욱 이해되지 않는 상황이었다. 일개 여신도가 그토록 떠받드는 육관음 몰래 저런 짓을 벌일 수 있을까? 무대 위 육관음이나 지도부원들의 반응을 보면 다들 몰랐던 게 틀림없다. 만약 저 중에 미리 알고 있었을 만한 인물을 꼽자면 엄동 신태광뿐일 것이다.

160

"불이 난 부분까지 되감아서 일시 정지해주실래요?"

부국장은 시호의 부탁대로 동영상을 되감았다. 불길이 가슴 팍에서 일어나는 장면이었다. 그 부분을 4배 정도 확대했다.

"자세히 보니 양초 불이 염주로 옮겨갔는데요?"

흔들거리는 양초 불이 사과만 한 염주 알에 스치자 불길이 확 일어났다.

"이 여성은 부검했나요?"

"제가 알기론 뼈만 남고 전부 다 타버렸다고 하더라고요. 부검할 것도 없었다고 합니다."

"그 베트남 고승도 온몸에 휘발유를 뿌렸다고 하지 않습니까? 그런데 이 여성은 몸에 휘발유를 뿌린 것 같진 않습니다. 주변에 있는 사람들도 뭔가를 뿌렸다고 인식하지 못한 것 같고요."

인체가 뼈만 남고 전부 타버릴 정도라면 엄청난 고온에 노출되어야 한다. 사실 신체는 마른 장작이 아니다. 많은 수분을 함유하고 있고 불에 잘 타지 않는 부분도 있다. 불길이 고온으로 계속 유지되려면 착화제라든지 뭔가가 필요한 것이다. 투명한 젤리형 착화제는 몸에 바를 수 있다. 하지만 젤리형 착화제엔 푸른 불꽃이 일어난다. 영상 속에선 여신도의 몸에서 새까만 연기와 함께 붉은 불꽃이 일었다.

그렇다면 이 동영상은 진짜 초자연적인 현상인 인체 자연발화의 증거일까.

인체 자연발화된 피해자들에게는 몇 가지 공통점이 있는데 동영상 속 여신도에겐 부합되는 점이 하나도 없었다. 60세 이상의 고령도 아니었으며 비만이거나 활동량이 적어 보이지도 않았다. 팔다리의 손상이 적고 몸통 위주로 불타는데, 불탄 여신도는 그렇지 않았다. 종이 연꽃에 불꽃이 옮겨붙었기 때문일지도 모르지만 어쨌든 팔다리 가릴 것 없이 전소됐다.

"혹시 신영호 지시로 신도들에게 문신을 새겼던 걸 아십니까?"

"문신이야 예부터 종교적 의미로 많이 쓰였으니까요."

부국장이 사진 몇 장을 보관함에서 꺼내 테이블 위에 하나씩 나열했다.

"이게 지도부, 청년부 남자들 잡혀 왔을 때 경찰에서 찍어 놓은 사진입니다. 무슨 조폭도 아니고 참 나…."

"이, 이건…."

시호는 깜짝 놀랐다. 남자들 등판에는 산스크리트어로 채워진 문신들이 새겨져 있었다. 어떤 것은 부처였고 어떤 것은 미륵이었고 어떤 것은 연꽃이었지만 색을 입히는 대신 색 글자로 채워놓은 형식이 같았다. 그것도 시호의 등판에 새겨진 것과 같은 산스크리트 방언들이었다.

"지금 이 사람들은 어디에 가면 만날 수 있습니까?"

"이놈들은 광신도들이라 하늘 세상을 포기하지 않았습니다. 예인숙 교주의 지휘 아래 새로운 하늘 세상을 만들어 살고 있습니다."

"거기가 어디죠?"

"무진시 외곽 매곳이란 곳에 땅을 사서 그곳에 '새 하늘 세상'을 지었다고 합니다."

10

차를 매곳으로 출발시키면서 시호는 배영민 경사에게 전화를
했다.

"배 형사님, 신태광 계좌 추적 중이시죠?"

신영호 살인사건의 용의자는 분명히 아파트 안에 있다. 내부
인의 소행이 확실했다. 그래서 금융감독원에서 받은 신영호, 신
태광 부자의 개인 금융거래 내역과 EM 파이낸셜의 금융거래
내역을 팀원들이 꼼꼼히 살펴보고 있는 중이었다.

- 네, 금융거래 내역과 부동산 거래까지 싹 다 뒤지고 있습니다.

청부 살인의 대가로 금전만 오고 가는 게 아니다. 부동산에

근저당을 잡거나 주식을 양도하거나 생명 보험금 수익자를 변경하는 등의 여러 형태로 청부 살인 대금을 지급할 수 있다.

"저크시즈 팰리스 거주민이든 고용인이든 간에 신태광하고 돈거래가 오갔던 사람은 무조건 다 조사하세요. 신태광 통화 내역도 압수영장 발부해서 사건 발생일 중심으로 유독 통화를 많이 한 사람이나 아니면 갑자기 통화가 뚝 끊긴 사람이 없나 살펴봐 주세요."

형사들이 현장을 조사할 때 가장 주의해야 할 점은 바로 '부재'를 찾지 못하는 것이다. 무엇이 없어졌는지 모르기 때문에 없어진 게 없다고 생각할 때가 있다. 그 '무엇'이 때로는 돈일 수도 있고 물건일 수도, 사람일 수도 그리고 관계일 수도 있다. 하지만 없어진 게 없다고 장담해선 안 된다.

- 네, 알겠습니다. 그런데 팀장님, 오늘 안 들어오세요? 장 대장님이 보고 받으려고 목이 빠져라 기다리고 계시는데요?

"거북목이라서 목 좀 빠져도 됩니다."

수화기 건너편에서 호탕한 웃음소리가 넘어왔다. 대쪽 같은 시호 곁에서 융통성 있게 잘 처신해주고 있는 배 형사가 있어서 든든했다. 이번에도 배 형사는 장 대장에게 잘 둘러 말해줄 것이었다.

원래는 작은 섬이었던 지역을 매립해 곳으로 만든 마을이었다. 그래서 매곳이라 불렸다. 먼지투성이 지프 랭글러가 해안도로로 접어들었다.

해안가를 끼고 있는 이런 경치 좋은 곳에는 커피 전문점 하나 들어서 있을 법도 한데 횟집과 슈퍼, 중국집, 옛날 통닭집이 해안을 따라 자리 잡고 있을 뿐 아직도 섬마을 특유의 투박하고 소박한 느낌이 남아 있었다.

도로 갓길에는 손질을 기다리는 어망과 부표가 즐비해 있었다. 시호는 어구들을 망치지 않으려고 중앙선을 밟으며 달렸다.

유리문에 '낚시, 미끼'라고 페인트로 칠해져 있는 슈퍼 앞에 지프를 세웠다. 차에서 내린 시호는 리놀륨 장판이 깔린 평상 위에 털썩 걸터앉았다. 인기척에 슈퍼 주인이 내다보았다.

"뭐 찾아?"

"박카스 한 박스 주세요."

얼굴에 화색이 돌며 얼른 슈퍼 안으로 늘어갔다 나오는 수인장의 손에 박카스 한 상자가 들려 있었다.

"누구네 집에 들른 거야? 남의 집에 갈 땐 빈손으로 가는 게 아니지. 아가씨 참 잘 배웠구먼."

"그런가요?"

시호는 쓴웃음을 지었다.

"근데 사장님, 여기 관음사라고 큰 절이 있다고 하던데…."

슈퍼 주인은 병을 깨트릴 기세로 평상 위에 박카스 상자를 탁 내려놓았다.

"저쪽 길 끝에 있어."

휙 몸을 돌려 가게 안으로 도로 들어가려다 말고 슈퍼 주인이 시호 쪽을 쳐다보았다.

"보아하니 나이도 어리고 공부도 잘할 것 같고 해서 내가 말 해주는데, 그냥 돌아가. 사이비에 빠지지 말고."

"사이비요?"

"한겨울에도 흰 광목으로 기워 만든 옷을 입고 저희끼리 뱅글 뱅글 춤을 추고 그러는데 그게 사이비가 아니면 뭐야?"

흰 광목을 기워 만든 옷이라는 단어가 시호의 귀에 박혔다. 시호가 구출될 때도 대충 기워 만든 광목옷을 입고 있었다.

"처음엔 봉사활동 한답시고 나와서 노인들도 도와주고 논밭 도 일궈주고 그랬지. 마을 사람들도 그땐 관음교가 사이비인 줄 몰랐고. 간혹 사람들이 찾아와 제 새끼 내놓으라고 대성통곡을 하길래 사이비인 걸 그때 알았지. 그다음부터는 동네 이장님이 아예 저쪽 사람들하고 접촉을 못 하게 했어. 잘못하다간 우리 동네가 사이비한테 다 잡아 먹힐 수도 있다면서. 여기 이렇게 발전 안 되는 것도 순 저 사이비 놈들 때문이지. 마을 대부분을 사들였거든."

시호는 자리를 털고 일어났다.

"저도 누굴 찾고 있습니다."

여동생을 죽이고 자신의 등에 문신을 새긴 놈들에 대한 단서가 저 안에 있었다.

슈퍼 주인이 혀를 찼다.

"안에 들어갈 수 있으려나 모르겠어. 입구에 웬 덩치들이 지키고 있거든."

시호는 조수석에 박카스를 싣고 슈퍼 주인이 가리키는 방향으로 차를 몰았다.

아스팔트 길이 끝나자 고지대로 올라가는 시멘트 길이 시작되었다. 길 끝에 '진입 금지, 개인 사유 지역'이라는 팻말이 달린 바리케이드가 쳐 있었다. 바리케이드 옆에는 시멘트벽돌로 지어진 초소도 있었다.

먼지를 뽀얗게 뒤집어쓴 은색 지프 랭글러가 바리케이드 앞에 정차하자 초소 안에서 러닝셔츠 차림에 카고바지를 입은 사내가 튀어나왔다. 사내의 손에는 기다랗게 생긴 장총형 슬링 건이 들려 있었다. 공기압으로 쏘는 원리라서 작은 쇠구슬일지라도 상당히 위협적일 게 분명했다. 멧돼지나 고라니까진 아니더라도 삵이나 너구리 정도는 거뜬히 잡을 것 같았다.

초소 창문으로 스무 살 정도의 앳된 청년이 내다보았다. 초소 안에 도대체 몇 명이나 있는지 알 수 없었다. 섣불리 사내를 건드려선 안 되겠다 싶었다.

시호는 허리춤에 손을 갖다 대고는 흠칫 놀랐다. 출근 전에 종교신문사에 방문했기 때문에 총을 지급받기 전이었다. 테이저건도 없었다. 너무 서두른 탓이었다. 다행히 조수석 글러브 박스 안에 접이식 삼단봉이 있었다. 시호는 삼단봉을 꺼내 얼른 바지춤에 꽂아 넣었다.

"예인숙 주지 스님을 만나러 왔는데요. 배덕의 마라 현상금 받으러 왔습니다."

두 손을 위로 치켜들고 차에서 내리면서 시호가 말했다. 사내가 슬링 건을 시호의 눈 쪽을 향해 겨누면서 다가왔다.

"증거 있어? 신덕음이 죽었다는 증거?"

코웃음을 치며 시호가 호주머니에서 신영호의 사망 현장 사진을 꺼내 보여주었다. 경찰이 찍은 현장 사진인 걸 들키지 않길 바라면서.

"이게 신덕음이라고? 못 알아보겠는데?"

다짐육이 된 얼굴이라 알아보지 못하는 게 당연했다. '옴 마니 반메 훔' 문신이 새겨진 신영호의 손 사진을 꺼내 보여주었다. 여섯 번째 손가락을 수술한 자국도 같이 찍혀 있었다.

"맞네. 육관음 증거라면서 흔들고 다니던 손가락을 잘랐다더니 맞네, 맞아. 주지 스님한테 전화해."

슬링 건을 들고 있던 사내가 초소 쪽을 돌아다보며 외쳤다. 그러자 초소 안에 있던 앳된 청년이 어딘가로 전화를 걸었다.

"들어오시랍니다."

청년의 말에 사내가 시호에게 사진을 돌려준 뒤 바리케이드를 끙끙대며 옮겼다. 시호는 나시 시프에 올라 치를 출발시켰다.

차가 길고 긴 진입로를 따라 들어갔다. 진입로 양쪽으로 2미터 남짓 황금 불상들이 줄지어 서 있었다. 얼마나 많은 신도의 등골을 빼먹었을지 알만 했다.

황금 불상들을 지나자 눈앞에 5층짜리 건물이 나타났다. 황금을 입힌 건물은 꼭대기 층만 단청 기와를 얹고 있었다. 조악하고 기이한 느낌을 주는 건물이었다.

무슨 행사를 준비 중인지 건물 중앙출입문 양쪽으로 황금색 천막이 세워져 있었다.

먹색 개량 한복을 입은 신도의 안내를 받아 간 사무실에는 예인숙 주지가 앉아 있었다. 머리를 빡빡 깎은 비구니일 줄 알았는데 아니었다. 새까만 머리를 쪽진 예인숙 주지는 얇고 흰 옥사 한복을 입고 있었다. 일어나서 시호에게 걸어오는데 사락사락 소리가 났다. 속이 다 비쳐서 숨을 들이쉬고 내쉴 때마다 젖무덤이 오르락내리락하는 게 보였다.

"배덕의 마라를 처단했다고? 죽인 거 맞아?"

솔 톤의 상냥하고 예쁜 목소리였다. 얼굴도 보기 드문 미인이었다.

시호는 주머니에서 피해자 신영호의 사진을 꺼내 건넸다.

"세상에, 어떻게 죽였대? 보안이 아주 철저한 곳에 살면서 경호원까지 달고 다니던데?"

"제가 그 경호원입니다."

예인숙은 시호를 위아래로 훑어보았다.

"호호, 미소년 풍의 취향은 여전하네. 그래요. 앉으세요."

시호에게 응접용 소파에 앉길 권하며 예인숙은 먹색 개량 한복 차림의 신도에게 차를 내오라고 시켰다.

예인숙의 등 뒤로 '유아독존(唯我獨尊)'이라는 혈서가 표구되어 걸려 있었다. 시호는 그게 누구의 피인지 궁금했다. 이 여자는 바늘로 찔러도 피 한 방울 나오지 않을 것처럼 생겼는데.

교주의 책상 양쪽에는 유리 진열장이 세워져 있었다. 진열장 안에는 롤렉스 시계부터 금반지, 금팔찌, 금두꺼비 등등 온갖 금덩어리들이 나열되어 있었다. 루이비통, 프라다, 닥스 등 고가의 가방들도 진열되어 있었다. 너무나 세속적이어서 보는 사람이 민망할 정도였다.

"현상금 받으려고 여기까지 혼자 온 거니?"

예인숙은 아주 오래전부터 친하게 지낸 사이처럼 말했다.

"그전에 이거 먼저 봐주시죠."

시호는 점퍼 안주머니에서 자신의 등판을 찍은 시체꽃 문신 사진을 꺼내 내밀었다. 인숙은 호기심 어린 표정을 지으며 사진을 찬찬히 살폈다.

"왜 이런 잡스러운 물건을 가지고 온 거야?"

"잡스럽다고요? 여의주관음보살의 연화 아닙니까?"

예인숙이 깔깔거리며 웃었다.

"이건 연화 아냐. 그냥 부적이지."

"부적이라고요?"

여신도가 인숙과 시호 앞에 김이 모락모락 나는 차를 내려놓았다. 인숙은 아무렇지도 않은지 그 뜨거운 걸 단번에 마셨다. 그러면서 시호에게도 들라고 손짓했다. 아침을 걸러 속이 쓰렸던 시호는 마시지 않겠다고 손사래를 쳤다.

"이게 현상금인데?"

"무슨 말이죠? 현상금은 오천만 원 아닌가요?"

예인숙이 여신도에게 손짓했다. 그러자 여신도가 붉은 팔각종이함을 가져왔다. 붉은 팔각 함 안에는 한지로 포장된, 동그란 것이 들어 있었다. 그것을 테이블 위에 꺼낸 예인숙은 한지를 조심조심 펼쳤다. 보이차인지 녹차인지 알 수 없는 말린 찻잎이 나타났다.

"이게 오천만 원짜리지. 고대 인도인들이 마시던 차야. 이걸 마시면 제3의 눈이 뜨이고 삼라만상의 본질에 다가갈 수 있어."

"마약입니까?"

"마약이라니, 허브차야. 그 문신하고 일종의 자매품이지. 이걸 마시고 문신을 새겼으니까."

"신도들에게 마시게 해서 광신하게 했군요."

"이건 내가 사용하는 거 아냐. 신덕음이 사용했지. 이걸 먹이고 신도들을 인간 부적으로 만들었지."

"인간 부적요?"

"아까도 말했잖아? 신덕음이가 잡스러운 것도 다 믿었다고."

예인숙은 더 듣고 싶다면 차를 마시라는 식으로 손짓했다.

이 차는 분명히 이성적인 정신을 무너뜨려 가스라이팅을 용이하게 만드는 차일 것이다. 시호는 뜨거운 찻잔을 들어 입술에 갖다 대는 척만 했다. 차에서 모락모락 피어나는 김에서 쓴 내와 단내, 지린내가 섞인 괴상한 냄새가 났다. 시호는 찻잔을 도로 내려놓으며 물었다.

"뭘 막는 부적이죠?"

"어떤 부적은 잡귀를 막아내기도 하지만 부르기도 하지. 그 부적엔 죽음과 재앙을 내려달라는 주문이 적혀 있어."

"죽음과 재앙을요? 자기 자신한테요?"

"그래, 그 사람 대신에."

예인숙이 웃었다. 새빨간 입꼬리가 귓불까지 끌어당겨졌다. 이 여자의 입이 이렇게나 컸나 싶었다.

"그 사람? 그 사람이 누군데요?"

"신덕음이지 누구긴 누구겠어? 신덕음이가 자기 사주하고 맞는 사람들을 골라서 이런 문신을 새겼거든. 한마디로 인간 액받이 부적을 만든 거지. 대수대명 같은 거?"

"대수대명? 그게 뭡니까?"

"대수대명, 문자 그대로 수명을 대신하고 명을 대신한다는 말이지. 아주 옛날부터 우리 조상들이 써 왔던 주술이야. 집안에 간당간당 숨넘어가는 중환자가 있잖아? 그럼 그 환자의 대체물(代替物)로 대신 죽게 하는 거야. 대체물에 환자의 생년월일, 성명, 대수대명대신(代壽代命大神)을 쓰고 삼베로 감싸거나 끈으로 묶어서 매달거나 묻었어. 보통은 닭을 쓰고 횡액이 클수록 대체물도 커지지. 근데 말이야."

몸을 앞으로 숙인 예인숙이 시호의 귀에 대고 목소리를 한껏 낮춰 말했다.

"가끔 엄청난 부자들은 아이들을 사기도 하거든."

시호는 깜짝 놀랐다. 아이들을 이용해 명줄을 늘인단 말인가? 예인숙이 깔깔거리며 웃었다.

"큰 횡액은 대수대명으로 막고, 자잘한 액들은 액받이를 세워서 대신 받게 하는 거야. 신덕음은 주술 그려 넣을 인간들이 줄을 섰었고. 근데 그게 다 무슨 소용? 호호호, 뒈졌잖아?"

껄껄대며 웃는 소리가 교주실 안에 울려 퍼졌다. 그러자 웃음소리가 수십 개의 구슬로 쪼개져 사방에서 통통 튀어 다녔다. 이상했다. 시호의 감각이 뒤죽박죽 뒤섞였다. 소리로 듣던 게 색으로 나타나고 눈으로 보던 게 촉감으로 느껴지는 것 같았다.

당했다. 시호는 속으로 이를 악물었다. 모락모락 피어나는 차향만 맡아도 환각에 빠지는 거였다.

"나한테 왜 이걸 먹인 거죠?"

시호는 분명히 그렇게 말했는데 제 귀에는 웅얼거리는 소리로 들렸다.

"죽으나 사나 신덕음한테는 십 원짜리 히니도 아깝지. 신덕음을 죽인 자에게도."

시호가 돈 필요 없다고 말하려던 그때 교주실 문밖이 소란스러웠다.

"너거 다 머꼬? 마 비키라! 강 팀장님, 강 팀장님! 마! 이 손 안 치우나?"

누군지 안 물어봐도 알 것 같았다. 묵은지처럼 불그죽죽한 면상의 우근지 형사가 교주실 문을 박차고 들어왔다. 덩치 좋은 남자 신도들이 우 형사를 따라 들어와 실랑이를 벌였다.

"교주님, 이 도둑놈 새끼가 관음전 뒤쪽 산 타고 내려왔습니다."

"뭐? 니 지금 뭐라 씨부릿노? 도둑놈 새끼? 니 지금 나보고 도둑놈 새끼라 캤나?"

시호가 우 형사를 진정시키려고 자리에서 일어났다. 다가가서 귓속말로 도발하지 말고 경찰 지원팀이 오고 있는 척하며 조용히 빠져나가자고 말하려고 했다. 그런데 몸이 한쪽으로 기우뚱 쏠렸다.

"팀장님, 개안습니꺼? 강 팀장님!"

우 형사의 외침에서 민트초코 맛이 난다고 생각하며 시호는 그대로 소파에 고꾸라졌다.

11

"둘 중에 누가 아줌마 따라갈래?"

자매는 청홍 한복으로 화려하게 차려입은 여자를 말없이 쳐다보았다.

"어느 것을 할까 알아맞혀…."

여자가 둘 중 누굴 데려갈지 고르듯이 손가락을 움직일 때마다 딸랑딸랑 방울 소리가 들렸다. 방울 소리에 맞춰 시호의 뱃속이 짜르르 울렸다. 위험하다고, 따라가면 위험하다고. 먼저 끌려 올라갔던 남자아이는 돌아오지 않았다. 배 안 어디에서도 남자아이의 모습은 찾아볼 수 없었다.

시호는 손가락으로 여동생을 가리켰다.

동생의 가늘고 힘없는 머리카락이 바람에 날리고 있었다. 주
근깨가 가득한 콧잔등에 주름이 잡혔다. 좁고 작은 얼굴과 어울
리지 않게 툭 불거진 두 눈이 시호를 올려다보았다.

울고 있는 줄 몰랐는데 시호는 울고 있었다. 볼을 타고 흐르
는 눈물이 바닷바람에 차게 식었다.

"언니!"

여자가 동생의 가느다란 팔을 붙잡고선 배 후미 쪽으로 끌고
갔다. 시호는 두 눈을 질끈 감았다. 두 손으로 귀를 막고 그대로
갑판 위에 주저앉았다.

"언니, 살려줘! 언니, 언니!"

시호는 뒤돌아보지 않으려고 애썼다. 뒤돌아보지 않아도 여
동생의 얼굴은 선명하게 기억난다. 가늘고 힘없는 머리카락, 주
근깨 가득한 콧잔등, 좁고 작은 얼굴과 커다란 눈망울.

"팀장님, 정신 좀 차려 보이소."

악몽 속으로 우 형사의 목소리가 뚫고 들어와 시호를 끄집어
냈다.

"이기 뭔 꼴이고 아, 돌아뿌겠네."

투박한 목소리와 경상도 사투리를 들어 보니 우 형사가 틀림없었다.

지워졌던 기억의 편린이 떠오르면서 너무나도 아프게 시호의 심장을 찢어 놓았다. 두 번 다시 깨어나기 싫을 정도로.

시호는 천천히 몸을 일으켰다. 입안이 바짝 마르고 혀뿌리가 모래알을 삼킨 듯 버석거렸다. 머리가 쿡쿡 쑤셨다. 뻑뻑한 눈을 몇 번 깜박였더니 우 형사가 벽에 기대앉아 씩씩대고 있는 게 보였다. 배꼽 근처를 지그시 누르고 있는 우 형사의 왼손은 피범벅이었고 윗옷과 바지도 피에 흠뻑 젖어 있었다.

"다쳤어요?"

"이 또라이들이 우리 보고 열한 아귀라 카면서 떼로 덤비는 바람에 졌심니더. 죄송합니더."

우 형사가 밭은 숨을 내쉬었다.

"내 탓이에요. 무턱대고 들어오는 게 아니었는데…. 괜찮아요?"

"배때기에 빵꾸가 났는데 개안켔습니꺼?"

우 형사가 낄낄댈 때마다 복구멍에서 쉿소리가 났다. 시호는 응급처치에 쓸 만한 게 없나 주변을 살폈다. 창문 하나 없는 8평 남짓한 방에 난타 북과 장구, 소고 따위의 타악기들이 잔뜩 쌓여 있는 창고였다. 일어나서 수납장 서랍을 닥치는 대로 열었다. 서랍 속에 청 테이프라도 하나 있어서 다행이었다.

우 형사의 윗옷을 들췄더니 상처가 의외로 심각했다. 크게 벌어진 자상만 서너 개가 넘었다. 시호는 얼른 호주머니를 뒤져 휴대폰을 찾았다.

"다 뺏깄십니더."

3단 봉도 가져간 모양이었다.

"아니, 도대체 여기까지 왜 따라온 거예요?"

속상한 마음에 시호의 말투가 뾰족해졌다.

"2인 1조 아입니꺼?"

"제가 왜 우 형사님하고 한 조입니까? 명색이 팀장인데요."

우 형사가 고개를 꾸벅 숙였다.

"죄송합니더. 그냥 탐문하고 CCTV 디다 보는 게 지루해서 따라왔십니더. 좀이 쑤시가."

시호는 청 테이프로 우 형사의 배를 힘껏 감았다. 우 형사가 참았던 숨을 내뱉으며 신음했다.

"버틸 수 있겠어요?"

대답 대신 끙끙대는 소리만 들려왔다.

"사람 불러올 때까지 어떻게든 버티세요."

"됐십니더. 뒷산으로 기 내려올 때 보니까 무덤도 있고 그렇던데 구덩이 몇 개 더 파서 파묻어 삐면 아무도 모르겠던데예. 고마 오지 마이소. 알겠지예?"

"무슨 일이 있어도 데리러 오라는 소리로 들립니다."

시호는 바닥에 널브러진 북채 중에 오동나무 재질로 만들어진 묵직한 것 두 개를 골라 허리춤에 쑤셔 넣었다.

"그럼 저하고 같이 나갈래요? 업힐래요?"

우 형사가 웃음을 터트렸다.

"마, 됐십니더. 과다 출혈로 죽기 전에 쪽팔려 죽겠습니다."

청 테이프를 주먹 뼈 위에 꼼꼼하게 감는 시호를 보며 우 형사가 걱정했다.

"싸움 좀 합니꺼?"

청 테이프를 이빨로 끊고 시호가 시큰둥하게 대답했다.

"여자 경감한테 기대하는 정도?"

"예에? 하이고 마, 이제 우짤라고."

시호가 허공에다 대고 가볍게 잽을 날릴 때마다 우 형사가 움찔거렸다.

"찬다, 찍는다, 꽂는다, 조른다."

"그기 뭔 말인데예?"

"그런 게 있어요. 제가 돌아올 때까지 어떻게든 버티세요."

배를 잡고 끙끙대는 우 형사를 뒤로하고 시호는 일어나 창고
문을 두드렸다.

"문 열어주세요. 여기 사람이 죽었어요. 아, 무서워라. 시체하고
어떻게 같이 있어요? 문 좀 열어주세요. 흑흑. 아아, 너무 무서워."

시호의 발 연기를 보고 있던 우 형사는, 배가 당기는지 웃었
다 울었다 했다.

창고 문이 열렸고 더벅머리 남자가 창고 안으로 한 걸음 발을
집어넣으려는 순간이었다.

찍는다.

시호는 오른손으로 더벅머리의 머리끄덩이를 쥐고 아래로 확
잡아당겼다. 그와 동시에 오른쪽 무릎으로 더벅머리의 얼굴을
찍어버렸다. 더벅머리가 쌍코피를 흘리며 고꾸라졌다. 사방에서
비릿한 피 냄새가 훅 일었다.

찬다.

축 늘어진 몸을 밟고 뛰어오른 시호는 뒤따라 들어오려 했던

문지기의 배를 뒤돌아 찼다. 문지기가 컥, 소릴 내며 멀리 나자 빠졌다.

꽂는다.

그대로 문지기의 가슴팍 위에 올라탄 시호는 녀석의 얼굴에다 주먹을 연달아 서너 번 꽂았다. 순식간에 문지기의 몸이 축 늘어졌다. 오래간만에 기분 좋은 욱신거림이 두 주먹을 휘감았다.

몇 층인지 확인해야 했다.

복도 창문을 열어보니 3층이었다. 창 밑에 차들이 주차되어 있었고 천막들도 세워져 있었다.

그때 오른쪽 계단에서 신도들 대여섯 명이 우르르 뛰어 올라왔다. 시호는 허리춤에서 북채를 꺼내 양손에 쥐었다. 묵직한 게 쥐는 맛이 좋았다.

제일 먼저 덤벼드는 말라깽이의 정강이를 북채로 세게 후려쳤다.

"앗!"

얻어맞은 정강이를 붙잡느라 구부린 말라깽이의 얼굴을 시호가 팔꿈치로 타격했다. 말라깽이의 턱이 획 돌아가면서 침이 사방으로 튀었다. 곁에 서 있던 여드름쟁이가 시호의 허벅지를 걸

어찼다. 균형을 잃고 넘어질 뻔한 시호는 몸을 틀어 두 번째 발길질을 피하고서 여드름쟁이의 발목을 잡고 힘껏 잡아당겼다. 그러자 여드름쟁이가 뒤로 벌러덩 넘어졌다.

"아악!"

바닥에 나뒹구는 여드름쟁이를 밟지 않으려는 신도가 점프하다가 둘이 엉겨 뒹굴었다.

"재롱 잔치는 이제 끝났다."

씨름 선수같이 덩치 좋은 빡빡이가 시호를 붙잡으려고 두 팔을 치켜들었다. 시호는 놈의 겨드랑이 밑으로 파고든 다음 등 뒤로 돌아가 등판에 올라탔다.

"아니, 아직 난타가 남았거든."

그러고는 북채로 신나게 빡빡이의 머리통을 두들겨댔다. 스프링 인형처럼 고개를 빠르게 끄덕거리던 빡빡이가 괴로워하며 그 자리에 무너져 내렸다. 왼쪽 계단으로 도망가려고 했는데 그쪽에서도 신도들이 올라오고 있었다.

시간을 지체하면 사람들이 점점 더 많아질 것 같았다. 탈출하는 게 상책이었다.

시호는 북채로 3층 유리창들을 깨부수며 신도들에게 전력 질

주했다. 달리다가 북채를 바닥에 내동댕이치고 창틀을 딛고 뛰어올라 그들 중 가장 키가 큰 놈의 어깨 위에 두 다리를 걸쳐 올라탔다. 그런 다음 몸을 뒤로 활처럼 젖혀 3층 창문 밖으로 다이빙했다. 창밖으로 상반신이 튀어나온 키다리가 떨어지지 않으려 창틀을 붙잡고 버텼다. 시호는 윗몸일으키기를 해서 두 손으로 키다리의 셔츠 목덜미를 붙잡고 두 다리는 풀었다. 키다리가 캑캑거리면서 손을 떼어내려고 했다. 그러자 키다리의 다리까지 밖으로 쑥 빠졌다.

"어? 어? 어어?"

복도에 있던 신도들이 키다리의 다리를 붙잡았다. 자연스레 인간 띠가 만들어졌다.

아래를 내려다보니 발에서 차 지붕까지 일 미터도 남지 않았다. 시호는 차 위로 폴짝 뛰어내린 뒤 낙법으로 주차장 위를 굴렀다.

시호가 발딱 일어나 주차장을 가로지르며 뛰는데 바로 등 뒤에서 악에 받친 예인숙의 고성이 들려왔다. 중앙 현관에서 예인숙이 서서 부들부들 떨고 있었다.

"야아아아! 저런 쥐새끼 같은 년 하나를 못 잡아서 이 난리야? 당장 저년 부하 멱을 따버려!"

예인숙의 말에 대여섯 명의 신도들이 계단을 부리나케 올라가고 있었다. 깨진 복도 유리창 너머로 오크 색 창고 문이 스르륵 닫히는 게 보였다. 우 형사가 창고 안쪽에서 문을 걸어 잠근 것이었다. 한동안은 버텨줄 것 같았다. 하지만 파출소 순경이라도 끌고 오는 동안 버텨줄지는 의문이었다.

탕!

그때 시호 옆에 주차되어 있던 봉고차 유리창이 와장창 깨졌다. 뒤돌아보니 초소를 지키고 있던 사내가 장총형 슬링 건을 쏘면서 시호에게 달려오고 있었다.

탕!

뜨거운 쇠구슬이 시호의 귀밑을 스쳤다. 시호는 슬링 건을 쏘고 있는 사내 쪽으로 미친 듯이 내달렸다.

탕!

세 번째 구슬은 시호의 팔뚝을 뚫었다. 몸이 한쪽으로 휙 젖혀졌다. 하지만 두 다리를 멈출 순 없었다.

탕!

네 번째 구슬은 앞 어깨에 와 박혔다. 심장과 어깨 사이였다. 조금만 더 안쪽에 맞았으면 위험할 뻔했다.

시호는 다섯 번째 구슬을 고무줄에 걸고 있는 사내의 목덜미를 거머쥐고 옆으로 젖히면서 발목을 걸어차 넘어뜨렸다. 중심을 잃고 쓰러지는 사내의 손에서 슬링 건을 빼앗아 들고선 쫓아올지도 몰라 발목을 개머리판으로 내리쳐 분질러버렸다. 사내가 자지러졌다.

시호는 슬링 건으로 중앙 현관에 서 있는 예인숙을 겨눴다. 조준 거리가 먼 것 같았다. 조준 자세를 풀고 5미터가량을 전속력으로 뛰었다. 그런 다음 다시 조준 자세를 취했다. 호흡은 가빴고 팔이 떨렸다.

건물 안에다 대고 소리치던 예인숙은 시호 쪽으로 고개를 돌리다가 흠칫 놀랐다.

탕!

바로 그 순간 예인숙의 얼굴이 터졌다. 시호가 쏜 쇠구슬이 광대뼈를 박살 낸 것이었다. 피가 뿜어져 나왔다.

"아아아악!"

예인숙이 비명을 지르며 두 손으로 얼굴을 감싸고 넘어졌다.

"119 불러. 빨리 안 부르면 너희 교주도 죽는다. 빨리 119 불러!"

우렁찬 시호의 목소리가 하늘 세상 안에서 메아리쳤다.

12

불그죽죽했던 우근지 형사의 얼굴은 핏기 하나 없었다. 환자복을 입고 병상에 누운 우 형사가 투덜거렸다.

"배고파 디지겠습니더."

배영민 형사가 우 형사의 머리에 꿀밤을 먹였다.

"네가 일을 더 크게 만들었다며? 도대체 왜 팀장님을 미행한 거야?"

"아니, 그기 무슨 미행입니꺼? 보호해줄라꼬 간 건데예."

차진웅 형사도 팔짱을 끼고 혀를 끌끌 찼다.

"누가? 누굴? 그날 팀장님이 너 업고 내려온 거 아냐? 으이

구, 쪽팔려라."

그 말에 방이열 형사가 숯검정 눈썹을 꿈틀거리며 병실이 떠나가라 껄껄껄 웃어댔다. 우 형사가 방 형사를 잡아먹을 듯 노려보았다.

그때 한쪽 어깨에 붕대를 감은 시호가 병실로 들어왔다.

"신태광하고 저크시즈 팰리스 거주민들 사이에 수상한 금융거래 포착된 거 없었나요?"

배 형사가 사뭇 진지한 표정을 지었다.

"있었습니다. 대부 업체 아니랄까 봐 아파트 안에서 급전 필요한 사람들한테 많이 빌려줬더라고요."

"누구한테요?"

"다들 조금씩 빌렸던데 특히 수상한 사람이 그 바로 윗집의 치매 할머니 요양보호사 있죠? 김해정 씨한테 계좌이체도 아니고 현금으로 일억을 대출해준 기록이 남아 있더라고요."

"통화 내역은요?"

이번엔 차 형사가 대답했다.

"대체로 김해정 씨가 전화를 건 거긴 하지만 최근에 신태광하고 통화한 횟수가 확 늘었더라고요."

배 형사가 거들었다.

"저번에 참고인 조사했을 때 아랫집하고 모르는 사이인 것처럼 말했잖아요? 그러니까 더 수상하죠."

차 형사가 배 형사의 말을 이어받았다.

"그래서 김해정 씨 위주로 CCTV를 돌려봤습니다. 다른 거주자들은 살인사건 발생일 다음 날에도 평상시와 다름없이 생활하고 있던데요. 들락날락하면서요. 근데 김해정 씨는 전날까지 중앙 출입구에 왔다 갔다 하던 걸 딱 멈췄더라고요. 심지어 음식물 쓰레기도 안 갖다 버리더라고요."

가장 찾기 힘든 '부재'의 증거였다.

"잘 매치가 안 되는데…. 일단 임의동행하고 뭐라도 나오나 털어 봐요. DNA도 확보하고요. 식기세척기에서 나온 DNA 하고 대조해 보게요."

"그렇지 않아도 식기세척기에서 나온 DNA 중 신원 미상의 여성이 있었습니다."

"2차 정밀 부검 결과가 벌써 나왔나요?"

"네."

"신태광 씨 머리카락 분석은요?"

"그것도 팀장님 예상대로였습니다."

우 형사가 흐느적거리는 손을 치켜들었다.

"저기, 팀장님예. 말하는 것만 봐도 윽쑤로 배가 고파 카는데예. 이제 고마 다들 나가주면 안 되겠습니꺼?"

"그래요. 쉬세요. 우린 이만 서로 가죠."

"팀장님도 쉬셔야죠."

배 형사가 시호의 앞을 가로막았다.

"괜찮습니다. 전 김해정이라는 사람 너무 궁금하네요. 어떻게 하면 그렇게 경찰 앞에서 눈 하나 깜짝 안 하고 거짓말을 잘하는지 직접 물어봐야겠어요. 대신 저 좀 청까지 태워주세요. 제 차는 수동기어라서요."

시호는 깁스한 오른쪽 어깨와 팔을 왼손으로 가리켰다.

배 형사의 차 조수석에 앉은 시호는 차창 밖을 바라보았다. 차는 시내로 접어들면서 교통체증으로 가다가 서기를 반복했다.

차창 밖에는 이름도 모를 가로수들이 싱그러운 잎을 달고 서 있었다. 나뭇잎들이 햇살에 물비늘처럼 반짝거렸다. 예쁘나고 생각하는 순간, 명치 부근이 아팠다.

시호는 피의 제단에서 자신과 함께 빠져나온 게 어둠인 줄 알왔다. 하지만 아니었다. 가장 나쁘고 어두운 건 거기에 두고 내렸다.

이제는 라플레시아 문신 뜨는 걸 그만둬야 한다. 예인숙의 말이 사실이라면 그동안 시호는 그놈들에게 좋은 일만 시켜 준 셈이었다. 대수대명, 액받이 인간 부적을 많이 만들어주었으니까. 손가락을 부러뜨리고 싶은 심정이었다. 쇠구슬을 빼내고 바늘로 꿰맨 상처 부위를 다른 손으로 꽉 움켜쥐었다. 고통에 소릴 지르고 싶을 정도였지만 움켜쥔 손을 놓지 않았다.

13

광수대 강력 3팀 사무실에는 장기우 대장이 와서 시호를 기다리고 있었다.

"예인숙 씨가 자넬 고소하겠다고 하는데, 어떻게 책임질 건가?"

시호는 속에서 치받아 오르는 걸 꾹꾹 눌러 담았다.

"책임은 못 져도 처벌은 할 수 있지 않을까요?"

얼마나 화가 났는지 귓바퀴까지 빨갛게 변한 장 대장이 이를 악물고 말했다.

"자네가 쏜 총에 멀쩡한 여자 얼굴이 박살 났어."

"총 아니고 새총이고요. 멀쩡한 여자 아니고 상 또라이였습니다. 멀쩡한 사람이 어떻게 경찰한테 마약 차도 먹이고 칼빵도 먹일 수 있답니까?"

말하면서 시호의 속에서도 뭔가가 치받아 올랐다.

"자네가 마신 건 마약 차가 아니고 천연 허브차였네."

"음, 좀 싸달라고 할 걸 그랬네요. 대장님한테 선물하게요."

장 대장은 콧김을 씩씩거렸다.

"광신도 한 명이 과잉 충성심으로 우근지 형사와 몸싸움을 벌인 거고!"

"혹시 종교 뭐 믿으세요?"

시호의 비아냥을 더는 못 참겠는지 장 대장이 소릴 빽 질렀다.

"야아아, 강시호!"

시호도 지지 않고 큰소리로 대답했다.

"네, 광역수사대 강력 3팀 팀장 강시호 경감입니다."

그제야 시호 등 뒤에 쭈뼛거리며 서 있는 팀원들을 발견한 장 대장이 입을 다물었다.

"나중에 다시 얘기하지."

차 형사가 헛기침하며 서류 뭉치를 시호에게 내밀었다.

"아까 병원에서 말씀드렸던 2차 정밀 부검 보고서하고 DNA

감식 보고서입니다."

장 대장은 사무실을 나가면서 괜히 팀원들에게 눈을 한 번씩 부라렸다. 사무실 문이 쾅, 닫혔다.

"아니, 진짜 왜 저러신대? 우리가 뭘 잘못했다고."

차 형사가 구시렁거렸다.

장 대장은 이번 사건만 빨리 해결하면 3관왕을 달성하고 경찰 행정부처로 되돌아갈 수 있을 거라고 여기는 모양이었다. 잘 닦아놓은 고속도로를 달리고 있는데 시호한테 걸려 타이어에 펑크가 난 기분일 것이다. 그러니 시호가 하는 일마다 사사건건 걸고넘어지는 것이었다.

"팀장님, 식기세척기 호스 안에서 발견된 DNA 말인데요."

배 형사가 차 형사의 손에서 DNA 분석 보고서를 낚아채 시호에게 건넸다.

"신영호 씨가 짠돌이인 게 왜 이렇게 고맙냐."

사람들은 살인 현장에서 DNA가 발견됐다고 하면 범인을 바로 붙잡을 수 있다고 생각한다. 하지만 대조군이 없으면 DNA도 소용이 없다.

"김해정 씨 임의동행해서 DNA 검사합시다. 자, 그럼 모시러

갈까요?"

아직 어깨에 붕대를 감고 있었지만, 시호와 팀원들은 저크시즈 펠리스 1001호로 출동했다.

김해정은 치매 노인의 식사를 챙겨주고 있었다. 박이순 할머니에게 숟가락으로 밥을 떠먹여 주다가 그대로 연행됐다. 연행할 때 보니까 김해정의 팔뚝에 치흔이 있었다.

"이거 죽은 신영호 씨 치흔 아닙니까?"

"아, 아니에요. 할머니가 가끔 난폭해지실 때가 있어요. 며칠 전에 씻겨 드리려고 했더니 싫다면서…."

"김해정 씨 임의동행하시죠. 나머지는 서로 가셔서 진술하시고요."

배 형사와 차 형사가 김해정을 경찰청으로 데리고 갔다.

방 형사와 시호는 902호를 뒤지기 시작했다. 이 과정을 옆에서 지켜보고 있던 노부인이 울먹였다.

"언니, 무서워. 왜 그래?"

시호는 노부인 앞에 쪼그리고 앉아 차가운 두 손을 맞잡았다.

"괜찮아. 별일 아니야. 근데 김해정 선생님 말고 와서 보살펴줄 사람 있어?"

"응, 있어."

흐릿한 두 눈이 천장을 바라보며 어딘가를 어루더듬었다.

"나 딸 있어."

"딸?"

서로 연락을 끊었다던 그 딸을 말하는 걸까?

"응."

노부인이 호주머니에서 구형 휴대폰을 꺼냈다.

"전화 좀 해줘."

시호가 노부인의 파르르 떨리는 손아귀에서 구형 휴대폰을 집어 들었다. 플립을 열어보니 배터리가 다 됐는지 전원이 꺼져 있었다. 전원 버튼을 꾹 눌러도 휴대폰은 먹통이었다.

딸과 사이가 좋지 않다고 들었다. 그래도 요양원 입소 전에 모녀 사이가 좋아진 걸까, 하고 기대하는 마음이었는데…. 시호는 자신의 스마트폰으로 범죄피해자지원센터에 전화를 걸어 간병 도우미를 불렀다.

"팀장님, 여기 좀 와보세요."

요즘 시대에도 '식모 방'이란 게 있을 줄 몰랐다. 부엌의 다이닝룸 옆에 딸린 조그만 골방이 하나 있었다. 싱글 침대와 옷장,

화장대가 전부였다. 단출했다. 김해정의 방이었다.

방 형사가 옷장에서 낡은 여행 가방을 하나 꺼내 열었다. 만 원짜리 다발들이 한가득 들어 있었다.

"또 있어요. 이런 게."

방 형사가 꺼낸 기내용 슈트 케이스에는 오만 원짜리 돈다발들이 가득 들어 있었다.

"이 돈들 전부 과수팀에 보내요. 지문 감식하면 어떤 경로로 주고받게 된 돈인지 알 수 있을 거예요."

"네."

14

김해정을 심문하기 전에 시호는 죽은 신영호의 치아 엑스레이를 토대로 석고로 된 치아 틀을 만들어 달라고 과학수사팀에 부탁했다. 김해정의 팔뚝에 난 치흔과 대조해보기 위해서였다. 신영호가 죽기 직전 김해정의 팔뚝을 물었고, 그래서 김해정이 잇새에 남은 DNA 증거를 없애기 위해 치아를 몽땅 뽑아 식기세척기에 넣고 돌렸을지도 몰랐다.

법원에서 받은 EM 파이낸셜의 금융 자료를 가지고 시호는 취조실로 들어갔다.

사방이 회색 패브릭 방음재로 마감된 다섯 평 남짓한 취조실

내부는 조금 춥다 싶을 정도로 냉랭했다. 여성 용의자를 심문할 때 꼭 동석해야만 하는 여경이 문 옆 접이식 의자에 앉아 잔기침을 연거푸 해댈 정도였다.

거울 뒤편 녹화실에 장기우 대장이 와서 심문 일체를 감시하고 있었다. 시호가 반광 거울 쪽으로 눈짓을 보냈다. 그러자 거울 뒤편에 있던 배영민 형사가 에어컨을 껐다. 냉기 때문에 경직됐던 몸의 근육들을 이완시켜 좀 더 쉽게 용의자의 진술을 끌어내기 위함이었다.

김해정의 움츠렸던 어깨가 스르르 펴졌다. 시호의 심문이 시작되었다.

"신태광 씨한테서 일억 받았죠?"

김해정의 눈동자가 흔들렸다. 시호는 그걸 놓치지 않고 재차 물었다.

"받았어요? 안 받았어요?"

김해정이 대답 없이 두 눈만 깜박거렸다.

"돈 받았죠? 무슨 목적으로 받은 돈이죠?"

더 이상 입 다물고 있지 못할 거라 시호는 확신했다. 예상대로 김해정이 파르르 떨리는 목소리로 나지막하게 대꾸했다.

"빌린 거예요. 곧 딸애 결혼식이 있어서."

EM 파이낸셜에서 현금으로 김해정에게 일억을 대출해준 기록이 있었다. 그 일억은 슈트 케이스에 오만 원권 지폐로 담겨 있었다. 그런데 방에선 가방이 하나 더 발견되었다.

"삼천만 원 정도 더 있던데요?"

"아파트 구하는 데 돈이 조금 모자란다고 해서 더 땡겼습니다. 그런데 그게 왜요?"

데스크 밑에서 낡은 가방을 꺼낸 우 형사가 가방의 지퍼를 열고 거꾸로 뒤집자 그 속에서 만 원짜리 돈다발들이 우수수 떨어져 내렸다. 김해정의 방에서 찾아온 그 돈다발이었다.

"제가 추가로 대출받은 돈이잖아요? 뭐가 문제죠?"

김해정의 사람 좋아 뵈던 인상은 어디론가 날아가 버렸다. 말투도 어느새 뾰족하게 변해 있었다.

"뭐가 문제냐면 바로 이게 문젭니다."

따지고 드는 김해정에게 시호가 만 원짜리 지폐 한 장을 내밀었다. 지폐에는 보라색 지문들이 여기저기 찍혀 있었다.

"EM 파이낸셜 장부에 적혀 있는 돈은 일억. 그런데 김해정 씨가 갖고 있는 돈은 일억 삼천. 이 중에 따로 담아놓은 삼천만 원말인데요. 왜 거기에 신태광 씨 지문이 잔뜩 찍혀 있는 거죠? 신태광이 돈 묶는 띠도 직접 묶었던데요."

돈다발에 신태광의 지문만 잔뜩 찍혀 있다는 건 일반적인 과정으로 대출받은 돈이 아니라는 증거다. 신태광이 개인적으로 준비한 돈이라는 뜻이었다.

김해정이 두 눈을 커다랗게 치떴다.

"뭐라고요? 나는 모르는 일이에요."

"청부 살인 대가로 받은 돈 아닙니까?"

"아, 아니에요. 생사람 그만 잡고 변호사 불러줘요."

조금 전 과학수사팀에서 나온 팀원이 김해정의 입안을 긁어갔다. 머리카락도 가져갔다. 시호가 DNA 대조뿐만 아니라 머리카락 약물검사도 지시했기 때문이다. 검사에는 최소 24시간이 걸린다.

이럴 때 형사들은 영화배우 뺨칠 만큼의 연기력이 필요하다.

배 형사가 취조실에 뛰어 들어왔다. 손에는 〈DNA 대조 결과 보고서〉라고 커다랗게 프린트된 가짜 보고서가 들려 있었다. 철제 의자를 거칠게 잡아 뺀 뒤 그 위에 배 형사가 털썩 주저앉으며 보고서를 버젓이 펼쳐 놓았다. 급히 온 것처럼 배를 위아래로 들썩거리면서.

"아, 그만 뻗댑시다. 뻗대봤자 괘씸죄로 가중 처벌만 받습니다. 이제 진짜 빼도 박도 못해요."

진지하게 가짜 보고서를 살펴보는 척하며 배 형사가 말을 이었다.

"부자들이 더하죠? 수십억 집에 차에 다 갖고 있으면서 십원, 이십 원 아까워서 벌벌 떨고. 신영호 씨는 다음 날 마카오 여행 간다고 안 쓰는 전기 코드도 다 뽑고 정수기랑 식기세척기로 통하는 물도 다 잠갔습니다. 식기세척기 코드는 매립돼 있어서 그냥 둔 거지만 물은 끊겼단 말이에요. 그래서 당신이 삶기 기능을 눌렀지만, 작동이 안 됐던 겁니다. 급수가 제대로 안 돼서 도중에 멈췄고요."

"이걸로도 부족한가 보군요."

시호가 팔짱을 꼈다.

"말도 안 돼. 그럴 리가 없어요. 변호사 불러줘요."

배 형사가 쐐기를 박았다.

"거름망하고 호스에 당신 DNA가 남았어요. 이제 부인할 수 없어요."

김해정의 얼굴에서 핏기가 가셨다.

"아, 아니, 뭔가 잘못됐어요. 난 아니에요. 아니라고요. 그 삼천만 원 사실은 훔친 거예요."

"훔쳤다고요?"

배 형사가 깜짝 놀라 되물었다.

"네, 훔쳤어요. 그거 할머니 거에요. 청소하다가 침대 밑에서 발견했어요. 할머니 돈이라고요."

EM 파이낸셜의 대출 기록과 신태광 개인 계좌 입출금 내역에서는 박이순이라는 이름 석 자를 찾아볼 수 없었다. 삼천만 원에선 신태광의 지문 외에 유의미한 다른 지문은 없었다. 김해정의 지문도 박이순 할머니의 지문도 나오지 않았다. 물론 돈이 들어 있던 가방에서 지문을 채취할 순 있다. 문제는 거기서 박이순의 지문이 나오더라도 이상할 것이 없다는 점이다. 두 사람은 한 공간에서 생활했기 때문이다.

"지금 치매 할머니한테 뒤집어씌우는 겁니까?"

"아, 아니에요. 제발 제 말 좀 들어주세요. 진짜 그거 할머니 거에요."

시호는 매섭게 노려보면서 물었다.

"11일 밤에 뭐 하셨나요?"

"뭐 하긴요. 저번에도 말했잖아요. 깜빡 잠들었다니까요. 요새 자꾸 까무룩 잠들었다가 눈 뜨면 아침이고 그래요. 얼마 전부터 혈압약 먹고 있는데, 그것만 먹으면 그렇게 잠이 오는 거예요."

"혈압약을 평소에 들고 다니세요?"

"네. 아침저녁으로 먹어야 해서 항상 들고 다니죠."

시호는 취조실 한쪽에 반광 유리를 바라보며 큰 소리로 말했다.

"어이, 차 형사. 보관실에 맡긴 김해정 씨 가방 뒤져서 혈압약 찾아와."

취조실에 들어오기 전 피취조인은 모든 소지품을 경찰한테 주고 경찰청 내 보관실에 보관하게 된다.

조금 있으려니 차 형사가 '카나브정 60mg'이라고 적힌 흰 플라스틱 통을 하나 가져왔다. 시호는 약 이름을 스마트폰 검색창에 입력했다. 그러자 노란색에 한쪽 면에 분할선이 있는 타원형의 알약이 화면에 나타났다. 분할선이 없는 쪽에는 'FMS 60'이라고 음각되어 있었다. 시호가 약통의 뚜껑을 열어 속에 든 알약들을 와르르 쏟아냈다. 테이블 위에 쏟아진 약들은 흰색 타원형에 분할선이 있고, 다른 쪽 면에 'UPJOHN 17'이라고 음각되어 있었다. 'UPJOHN 17'을 인터넷 검색창에 입력하자 바로 할시온정이라는 의약품이 검색되었다. 불면증 단기 치료제였다. 약이 바꿔치기 됐다. 김해정의 약통에 접근할 수 있는 사람은 박이순 할머니밖에 없었다.

"배 형사님, 차 형사님. 잠깐만요."

시호가 먼저 취조실을 나가며 형사들을 복도로 불러냈다.

"차 형사님은 김해정 씨 머리카락에서 할시온 성분이 나오는지 약물검사 의뢰해주시고요. 방 형사한테는 박이순 할머니 건강 기록 뒤져서 치매가 맞는지 확인해 보라고 해주세요. 배 형사님은 저하고 같이 박이순 할머니 만나러 갑시다."

그때 방 형사가 계단을 허겁지겁 뛰어 올라왔다.

"팀장님, 팀장님. 그 할머니가, 그 치매 할머니가 방금…."

시호와 배 형사, 차 형사가 눈을 동그랗게 뜨고 방 형사를 바라보았다.

"자수했어요."

"뭐? 뭘 했다고?"

차 형사가 되물었다.

"자수했다고요. 박이순 할머니가 자신이 신영호 씨를 죽인 진범이라고요."

15

여경의 부축을 받으며 백발의 박이순 할머니가 철제 접이식 의자에 다소곳하게 앉았다. 오늘은 휠체어도 지팡이도 없었다. 연한 분홍색 카디건에 회색 바지 정장을 입어 치매 걸린 병약한 노인보다는 곱게 늙은 부잣집 마나님 같아 보였다. 작고 말랐지만, 허리는 꼿꼿했고 두 눈은 총기로 반짝거렸다.

박이순은 무릎 위에 얹고 있던 꽃무늬 토트백을 순경에게 건네주었다.

"박이순 씨가 신영호 씨를 죽였다고요?"

취조실 문이 닫히길 기다렸다가 시호가 무겁게 입을 뗐다.

"네, 제가 죽였어요. 신태광한테서 삼천만 원 받고요."

고령화 사회로 접어들면서 노인 범죄가 급증하는 추세이다. 범죄유형도 점점 강력범죄화되고 있다. 하지만 육십여 평생을 준법하게 살아온 여성이 어느 날 갑자기 돈 삼천만 원에 살인을 저지를 수 있을까.

"왜 그러셨는데요?"

"돈이 필요했어요. 요양원 의탁금이 딱 삼천만 원이거든요."

박이순의 대답을 들으니 시호는 저절로 콧김을 내쉴 수밖에 없었다. 시호 옆에 앉아 있던 차진웅 형사가 질문을 퍼부었다.

"혹시 지금 누구 감싸는 거 아니에요? 아니면 대리 자수하기로 하고 돈 받았어요? 할머니, 혹시 이러는 것도 치매 증상이에요? 아, 아니, 치매인 건 맞아요?"

박이순은 차 형사의 얼굴을 똑바로 바라보면서 대답했다.

"누굴 감싸는 거 아니에요. 감쌀 사람도 없습니다. 대리 자수는 더더욱 아니고요. 치매인 건 맞습니다. 아직 초기지만요."

살인은 그렇다 쳐도 그동안 도망갈 기회가 많았는데 박이순은 자수했다. 시호는 이게 이해되지 않았다.

"도망가지 왜 자수했죠?"

"팀장님, 저는 삼천만 원이 필요해서 사람을 죽였습니다. 이해가 안 되나요? 요양원 의탁금이 없어서 사람을 죽여야 했는데, 도피 자금은 있었을까요? 치매 노인한테 누가 돈을 빌려주나요? 신영호도 저한테는 돈을 빌려주려고 하지 않았어요. 그때 신태광이 저한테 멋진 제안을 했고요."

"누군가를 죽이는 게 멋진 제안이라고요?"

"살인에 대한 죄책감이 좀 남겠지만 저는 치매니까 몇 년만 지나면 잊어버릴 거 아니에요? 그러니 얼마나 멋진 제안인가요?"

"좋습니다. 아무리 피해자가 고령이라 해도 남성인데 어떻게 제압했다는 겁니까?"

시호의 질문에 정말 좋은 질문을 받았다는 듯 활짝 웃으며 박이순이 대답했다.

"신영호한테서 케타민이 검출되지 않았나요? 버닝썬 물뽕으로도 유명한 케타민이지요. 그걸 준비해 준 사람은 당연히 신태광이고요."

"901호엔 어떻게 들어갔죠?"

"어떻게 들어갔겠어요? 신태광이 그 집에 넣어줬으니까 들어갔죠. 먼저 김해정 혈압약하고 할시온을 바꿔치기했어요. 김해정이 잠들기를 기다렸다가 아래층으로 내려갔죠. 집 앞에서 신태광을 만나서 신태광의 지문으로 그 집엘 들어갔어요. 신태광은 아버지 금고를 뒤져 금괴와 현금 다발들을 챙겨 나가고, 저는 식모 방에서 기다리고 있었어요. 테이블 위에 케타민이 든 생수병하고 자양강장제를 놓아뒀더니 신영호가 알아서 컵에 따라서 마시더라고요. 짠돌이 영감이라서 여행 전날 물까지 다 잠근다는 걸 알고 있었거든요. 쓰러진 거 보고 작업을 시작했지요."

시호는 쪼글쪼글한 피부 위에 화장을 곱게 먹인 얼굴을 노려보았다. 마음에 들지 않는다는 이유로 여자를 죽도록 패는 신태광이 이 모든 범행을 치밀하게 계획했다니 어울리지 않았다. 오히려 고기 다짐용 망치를 휘두르는 모습이 더 잘 어울릴 것 같았다. 보기와 달리 신태광이 매우 영리하고 냉정한 사람이라고 치더라도 피해자에게 마약 성분이 들어간 생수를 마시게 하는, 중요한 범행 과정을 순전히 우연에 맡길 것 같진 않았다. 그건 박이순도 마찬가지였다.

"얼굴은 왜 그렇게 만든 겁니까?"

"아, 다짐육으로 만들어 놓은 거요?"

쿡쿡 웃던 박이순이 연분홍색 카디건 소매를 걷어 보였다. 거기엔 빨간딱지가 앉은 치흔이 있었다.

"신영호가 물었어요. 잇새에 내 DNA가 들어 있을 거잖아요? 근데 이빨 뽑을 게 마땅찮아서 간만에 솜씨를 좀 발휘해 봤죠. 혹시 수사 방향이 나한테로 쏠리면 김해정한테 뒤집어씌우려고 팔뚝을 깨물었고요."

"그럼 끝까지 김해정 씨한테 뒤집어씌우지 왜 자수한 거죠?"

"팀장님, 좀 전에 얘기했잖아요. 돈이 없다고요. 내 삼천만 원을 가져갔잖아요? 길거리에서 헤매다 죽는 것보단 교도소가 더 낫지 않겠어요?"

시호가 한숨을 푹 내쉬었다.

"아귀가 맞지 않습니다."

"뭐가요?"

"당신이 준비한 것도 아닌데, 어떻게 그렇게 향정신성 의약품 이름을 줄줄이 외는 겁니까? 신영호 씨가 케타민 생수를 마시지 않았다면 어쩔 생각이었나요? 신영호 씨한테 물린 걸 돌발 상황이었던 것처럼 얘기했지만 아니었잖아요. 얼굴에 다짐용 망치를 휘두르면 가해자의 몸에도 당연히 혈액이 튈 건데 아파트 전체에 루미놀 반응 검사를 했지만, 아무것도 나오지 않았어요. 미리 뭔가를 준비해가지 않았다면 그럴 수가 없죠. 범행 전 이미 알고 있었던 거잖아요? 얼굴에 망치질할 거라는 걸. 그리고 신영호 씨의 짠돌이 습관을 다 알면서 왜 식기세척기에 망치와 치아들을 넣은 겁니까? 단수로 식기세척기가 돌아가지 않을 걸 알았잖아요?"

쪼글쪼글한 얼굴에 당황한 기색이 역력했다.

"그, 그거야 그때 깜빡한 거죠. 그렇게 못 믿겠으면 신태광하고 대질신문이라도 시켜 봐요. 내가 보는 앞에서도 제 아버질 죽여달라고 한 걸 부인할 수 있는지 보자고요."

시호는 첫 단추부터 잘못 채운 느낌을 받았다. 그리고 채워야 할 구멍은 없고 단추만 몇 개 남은 걸 뒤늦게 깨달은 기분이었다.

그때 갑자기 취조실 문이 열렸다. 장 대장이 고개를 비죽 내밀었다.

"강 팀장. 잠깐 나와 봐."

시호는 차 형사에게 다녀오겠다고 눈짓한 뒤 복도로 나갔다.

"이게 뭡니까? 취조실이 무슨 미용실입니까? 저한테 사전에

언질도 없이 그렇게 고개만 빼꼼히 집어넣을 수 있는 곳입니까?"

씩씩대는 시호를 무시하는 듯 장 대장이 더 세게 말했다.

"자수까지 다 받아놓고 뭐 하고 있어? 왜 엉덩이를 깔고 뭉개고 있어? 출동 안 해?"

"아직 뭔가 아귀가 맞지 않습니다."

"강 팀장, 진짜 답답하네. 맞나 안 맞나 모르겠으면 갔다 대보면 알 거 아냐? 이러고 있으면 참인지 거짓인지 알아서 알려준대?"

시호는 고개를 푹 숙이고 고심했다. 장 대장의 말도 일리가 있긴 했다.

"네, 알겠습니다. 그럼 팀원들 데리고 신태광 긴급 체포하겠습니다."

장 팀장은 시호에게 엄지를 척 치켜들었다. 그러더니 주먹을 풀고 손바닥을 펴서 시호 코앞에 가져다 댔다.

"총은 두고 가야지?"

"네?"

긴급 체포하러 가는데 총을 두고 가라니, 그것도 늘 경호원 여섯은 달고 다니는 신태광인데? 시호는 눈썹에 힘을 빡 주고 느끼하게 생긴 장 대장의 얼굴을 노려보았다.

"왜? 이번에도 신태광 머리통을 날려버리게?"

"그때하고 지금은 다르지 않습니까?"

능구렁이 같은 장 대장이 펼쳤던 손바닥을 시호의 어깨에 올려 토닥거렸다.

"그래, 새총하고 권총은 다르지."

거칠게 장 대장의 손길을 뿌리친 후 시호는 권총집에 들어 있던 권총을 꺼냈다. 그러고는 장 대장의 손에 쥐여주었다.

"테이저건 들고 가. 그럼 되잖아?"

"사양하겠습니다."

"사양 말고 쭉 들어. 아? 그리고 저번에 보니까 강력 3팀이 한 마음 한뜻이던데, 다른 팀원들도 팀장 따라 테이저건 들고 다녀도 괜찮겠지?"

저번에 다 같이 회식 자리를 거부했던 게 심사를 뒤틀리게 했던 모양이다. 역시나 뒤끝이 긴 장 대장이었다. 시호는 장 대장을 노려보며 보란 듯이 어깨의 붕대를 풀어버렸다.

16

시각이 자정을 향하고 있었다.

"약속은 하셨나요?"

"그런 거 안 해도 되는 사람입니다."

시호는 프런트에 체포 영장을 들이밀었다. 호텔리어의 안내를 받으며 신태광이 묵고 있다는 스위트룸으로 갔다.

무진시에서 제일 좋은 호텔인 H 호텔 스위트룸에 신태광이 머물고 있다는 소릴 들었을 때 눈치챘어야 했다. 권총을 반납하고 테이저건만 받아온 걸 후회했다. 끝까지 권총을 사수해야 했다. 고급 호텔만큼 투숙객의 프라이버시를 중요하게 생각하는 곳도 없을 것이다. 그래서 불법적인 일을 벌이기에 호텔 객실만큼 좋은 곳도 없다.

"어이쿠, 바쁘신데 죄송합니다."

맨 처음 응접실로 들어선 차진웅 형사가 손으로 눈을 가렸다. 반라의 여자들이 소파와 바닥에 널브러져 있어서 파티 중이라고 오해한 거였다. 하지만 뒤따라 들어온 시호는 한눈에도 뭔가 잘못되었음을 직감했다.

신태광의 경호원 중 한 명이 사각 팬츠 차림으로 소파에 퍼질러 앉아 있었다. 두 눈은 빨갛게 충혈됐고 벌어진 입에선 게거품이 부글거렸다. 시꺼멓게 변색된 숟가락이 마지막 남은 뼈다귀라도 되는 양 거머쥐고선 형사들에게 송곳니를 드러내며 으르렁거렸다.

먹다 만 술병과 안주들 사이에 소금인지 설탕인지 모를 반투명 알갱이들이 소복하게 쌓여 있었고 빈 주사기들과 토치들도 나뒹굴고 있었다. 미친개처럼 짖어대는 사내를 최대한 자극하지 않으려고 배 형사가 나지막하게 속삭였다.

"에이씨, 좀비 마약이네."

좀비 마약은 불법 합성 마약으로 불투명한 소금 입욕제와 비슷한 모양의 알갱이 형태라서 '배스 솔트'라고 부른다. 합성된 성분 중 '메틸렌디옥시피로발레론(MDPV)'이라는 성분이 있는데 과다 투여할 경우 환각, 고열, 극심한 통증 등의 부작용으로 인해 몸을 스스로 통제하기 어려운 상태가 되며, 폭발적인 폭력 성향을 보여 마치 영화 속에 등장하는 좀비와 비슷해져 좀비 마약이라고 불린다. 서울, 인천, 부산 등지에서 투약자들을 검거했다는 소식이 암암리에 들려오곤 했는데 눈으로 직접 보기는 처음이었다.

시호가 얼른 테이저건을 빼 들자 배 형사가 다급하게 말했다.

"안 됩니다. 저것들 지금 약 빨아서 전기 꽂으면 심정지로 즉사예요, 즉사! 바로 뒈져요! 그러다 팀장님 옷 벗습니다. 야, 차 형사 이번엔 네가 좀 나서라."

"뭐? 내가? 뭘 어떻게 하라고?"

차 형사가 당황하는 얼굴로 배 형사와 시호를 번갈아 바라보았다.

그때 백 킬로그램은 족히 넘을 거구의 남자가 소파에서 일어나더니 갑자기 괴성을 지르며 차 형사에게로 돌진했다. 아무리 뇌까지 근육 덩어리인 차 형사라지만 너무 순식간에 벌어진 일이라 손 써볼 새도 없이 뒤로 벌러덩 넘어지고 말았다. 그 바람

218

에 뒤통수를 대리석 바닥에 세게 찧은 차 형사는 찍소리도 못하고 그대로 기절해버렸다.

배 형사가 다급하게 소리쳤다.

"어이! 차 형사, 정신 차려!"

의식 없는 차 형사의 얼굴을 물어뜯으려고 거구가 아구창을 치켜들며 포효했다. 배 형사가 얼른 삼단봉을 꺼내 거구의 머리를 내리쳤다. 한 대 얻어맞고도 아무런 충격이 없는지 거구는 벌떡 몸을 일으켜 배 형사에게 덤벼들려고 했다. 놀란 배 형사가 마구 내려치는 바람에 삼단봉이 부러지고 말았다.

"와, 이거 사람 맞아?"

터진 머리에서 피가 줄줄 흘러내리는데도 아랑곳없이 거구는 펄쩍 뛰어들어 배 형사의 어깨를 물어뜯었다. 가죽점퍼의 어깨 솔기 부분이 왕창 뜯겨 나갔다. 다음 공격 때는 생살을 물어뜯길 게 분명했다. 배 형사는 눈을 질끈 감았다.

그때 시호가 거구의 등판에 뛰어올랐다. 양다리로 몸통을 옭아맨 다음 오른쪽 팔뚝으로 목을 감아쥐고 왼손으로 뒷덜미를 눌렀다. 오른쪽 어깨에 쇠꼬챙이가 쑤셔 박히는 듯 아팠다. 하지만 팔에 힘을 풀지 않았다. 등에 달라붙은 시호를 떼어내려고 온몸을 털다 여의치 않자 거구는 벽에다 제 몸을 이리저리 처박았다.

시호는 안간힘을 써서 버티며 속으로 천천히 숫자를 셌다. 꿰맸던 자리가 터져서 상처에서 피가 났다. 티셔츠가 피로 물들었다.

하나, 둘, 셋, 넷….

거구의 무릎이 꺾였다. 바닥에 고꾸라진 거구에게서 떨어져 나와 수갑을 채우려는데, 누가 뒤에서 억센 팔로 와락 껴안았다. 뒤돌아보니 침을 질질 흘리는 또 다른 좀비 경호원이었다. 재빨리 양발을 어깨보다 넓게 벌려 순간적으로 좀비남의 팔을 느슨하게 만들었다. 두 손을 양발 사이로 집어넣어 좀비남의 발목을 잡고 앞으로 쑥 잡아 뺐다. 그러자 좀비남이 뒤로 벌러덩 넘어졌다. 시호는 이때를 놓치지 않고 대자로 뻗은 좀비남의 가랑이를 내리찍었다. 좀비남은 비명을 지르며 데굴데굴 굴렀다.

거구에게 수갑을 채우던 배 형사가 시호 쪽을 보며 오만상을 짓고 있었다.

"아우, 아프겠다. 역시 우리 팀장님은 잔인해."

배 형사가 온몸을 부르르 떨었다.

삼단봉을 뽑아 들고 시호는, 신태광이 숨어 있을 침실 쪽으로 천천히 발을 옮겼다. 침실 안에는 후텁지근하고 비릿한 어둠이

도사리고 있었다. 원목 기둥 침대에 드리운 캐노피에 새까만 그림자 하나가 간헐적으로 커졌다 작아졌다 하며 어른거렸다. 삼단봉으로 캐노피 자락을 살짝 젖혀 안쪽의 동태를 살폈다.

벌거벗은 여자가 누워서 히죽히죽 웃고 있었다. 가무잡잡한 근육질의 남자가 자기 팔뚝을 뜯어 먹고 있는데도 말이다. 시호와 눈이 마주치자 여자는 뜬금없이 큰 소리로 웃어 젖혔다. 그러다가 입으로 왈칵 토사물을 뿜어내며 그물에 걸린 생선처럼 온몸을 팔딱거렸다. 그 순간 고개를 획 돌린 남자가 침대에서 뛰어내려 들짐승처럼 시호를 덮쳤다. 시호는 그만 삼단봉을 놓치고 말았다.

남자는 두 손으로 시호의 목을 움켜쥐며 한쪽 벽으로 밀어붙였다. 뒤통수를 벽에 부닥친 시호는 순간적으로 멍해졌다. 하지만 곧 남자의 엄청난 악력에 정신이 번뜩 들었다. 금방이라도 목이 부러질 것 같았다. 악력이 가장 약한 부분인 새끼손가락을 사정없이 뒤로 확 꺾었다. 뼈 부러지는 소리를 분명히 들었는데도 남자의 손아귀에서 힘이 조금도 줄지 않았다. 다른 쪽 새끼손가락도 부러뜨렸다. 소용이 없었다. 무릎으로 옆구리를 찍고 정강이로 가랑이를 걷어차도 마찬가지였다. 숨이 너무 막혔다. 온몸에서 뭔가 빠져나가는 기분이었다.

"이 새끼가!"

배 형사의 외침과 함께 남자가 온몸을 파들파들 떨면서 바닥에 나자빠졌다. 시호는 그 자리에 주저앉아 콜록거렸다.

"너 이 새끼… 너는 공무집행방해에 경찰공무원 폭행 상해에 향정신성의약품관리법 위반에 아, 씨발 몰라… 넌 그냥 체포다. 이 개새끼야!"

등판에 꽂힌 전류 침에서 전류가 흐르자 남자는 비명을 지르며 재차 퍼덕거렸다. 5만 볼트의 전기 충격이 두세 번 가해지자 허우적대던 남자의 팔다리가 결국 축 늘어졌다.

"배 형사님, 응급구조 요청요!"

시호는 얼른 남자 옆에 앉아 호흡과 의식을 확인하고 피 칠갑인 아가리를 벌렸다. 입안에 가득한 살점들을 손가락으로 파냈다. 역겨웠지만 머뭇거려선 안 된다고 속으로 되뇌었다. 이 일로 배 형사가 경질될 수도 있다. 나쁘면 아예 옷을 벗어야 할지도 모른다. 그렇게 되어선 안 된다. 아내와 아이가 있는 소박하고 평범한 배 형사의 삶을 지켜주고 싶다. 이제 겨우 사신을 믿고 의지하게 된 팀원을 잃고 싶지 않았다. 시호는 피로 번들거리는 남자의 입안으로 숨을 깊게 불어넣었다.

17

"난 안 죽였어. 그냥 아빠 금고나 털러 간 거라고. 누구 없어? 경찰들 돈 좋아하지? 일억 줄까? 아, 아니 십억? 어때? 내, 내 말 듣고 있어?"

신태광이 의자 위에 쪼그리고 앉아 온몸을 태아처럼 동그랗게 말았다. 간헐적으로 몸을 긁어대며 사방에다 대고 애원하는 모습이 못 견디게 불안해 보였다.

녹화실에서 취조실을 들여다보고 있던 장 대장이 짜증 섞인 목소리로 말했다.

"화장실에 숨어 있었다고? 왜?"

장 대장이 어이없는 웃음을 지으며 대답했다.

"무서웠답니다."

응급처치를 받아 목과 어깨, 팔에 붕대를 친친 감고 있는 시호가 대답했다.

"뭐가? 자기 똘마니들이?"

"이번에 구입한 합성 마약이 저급이었던 거죠. 마약 파티 중에 다들 좀비로 변하니까 무서워서 숨었대요."

"살인 청부는 뭐래?"

"죽어도 안 했다는데요."

"안 했대?"

"네."

"그렇지. 처음부터 자기가 했다고 떠벌리는 놈이 어디 있냐?"

장 대장이 팀원들 쪽으로 돌아봤다. 야단맞는 아이들처럼 배형사와 차 형사가 나란히 서 있었다. 장 대장 곁에 남아 있었던 방 형사도 선배들 옆에 섰다.

"잘했다, 살했어. 아주 사살하셨습니다."

말투가 칭찬과 질책의 중간쯤이었다.

"울룩불룩 이건 그냥 옵션이냐? 튜브냐? 그렇게 기절할 거면 근육에서 에어 다 빼, 인마."

차 형사의 불룩한 큰가슴근을 장 대장이 쿡쿡 찔러댔다. 질책하는 말투였지만 체포 과정에서 하마터면 큰 사달이 날 뻔했는데 그만해서 다행이라는 표정이었다.

"신태광 어떻게 할까요?"

배 형사가 장 대장에게 물었다.

"어떡하긴 뭘 어떡해? 생선 살 발라다가 남의 입에 처넣어 주기만 할 거야? 마약팀 애들 배만 불려주고 우리는 뭐 뼈만 쪽쪽 빨아? 대질신문이라도 하자고. 사건 마무리해야지."

시호가 다급하게 나섰다.

"반대합니다. 경호원들처럼 신태광도 언제 돌변할지 모릅니다. 박이순 씨의 목숨이 위험할 수 있습니다. 그리고 저렇게 쉽게 자백하는 박이순 씨도 수상합니다. 다른 꿍꿍이가 있을지 모릅니다."

"아니, 우리가 왜 공범들까지 챙겨줘야 해? 강 팀장, 제발 우리 빨리 끝내자고."

장 대장의 귀찮아 죽겠다는 표정 때문에 시호는 발끈했다.

"왜 자꾸 빨리 끝내자고 하는 겁니까? 이게 뭐 이혼 소송이라도 됩니까?"

"우리나라 경찰 범죄 해결률이 얼만지나 알아? 경찰 수사법을 가르치러 다른 나라에 초청될 정도로 뛰어나. 그러니 그중에서 눈에 뜨이려면 어떻게 해야겠어? 수사 기한이라도 줄여야 하지 않겠어?"

"그게 무슨 개소립니까? 살인사건 가지고 실적 타령입니까?"

"뭐? 너 지금 뭐랬어? 개? 뭐? 엉?"

화가 머리끝까지 오른 장 대장이 한 대 칠 것처럼 손을 들었다 내렸다 했다. 배 형사가 얼른 다가와 장 대장의 허리춤을 끌어안았다.

"왜 이러세요. 여기 녹화실에도 CCTV 달려 있어요."

천장에 CCTV를 힐끔 쳐다본 장 대장은 양손을 허리춤에 얹었다.

"강시호 경감, 자네는 지금 시간부로 이 사건에서 손 뗀다. 알겠나?"

차 형사가 나서서 장 대장에게 항의했다.

"지금까지 잘해 온 팀장님을 수사 막바지에 빼다니 말도 안 됩니다."

"잘해? 뭘 잘해? 팀원 하나는 중상이고 무고한 시민 얼굴은 박살 내고. 좀 전에도 긴급 체포하면서 중환자실에 한 명 더 보냈잖아!"

좀 전에 테이저건을 발사한 사람은 배 형사였다. 자칫 잘못하면 배 형사에게 책임이 전가될 수도 있었다. 시호는 문제 삼지 않고 제가 다 안고 가기로 마음먹었다.

"에이이, 참으세요. 이제 진짜 수사 다 끝나가는데…."

"어이, 배 경사! 자네가 대신 옷 벗을 거야? 나이 어린 팀장 잘 보필하라고 광수대에서 제일 나이 많은 놈을 같은 팀에 붙여 놨더니, 이게 뭐야?"

입술을 깨물며 시호가 경찰 공무원증과 테이저건을 내놓았다. 그러고는 차렷, 자세로 서서 정중하게 말했다.

"수사에서 빠지겠습니다. 직위 해제를 원하시면 그렇게 하겠습니다. 비록 마무리는 짓지 못하겠지만 그래도 끝까지 지켜볼 수 있게 해주십시오."

"아니, 왜에? 그냥 집에 가서 쉬지?"

장 대장이 기세등등해졌다.

"제 팀원들이 남아 있지 않습니까?"

녹화실이 떠나가라 성질부렸던 게 멋쩍어졌는지 장 대장이 숨을 크게 들이쉰 후 고개를 돌렸다.

"너네는 뭐해? 빨리 대질신문 준비 안 하고!"

방 형사는 얼른 취조실 컨트롤러 앞에 앉고, 배 형사와 차 형사는 밖으로 뛰어나갔다.

취조실 문이 열리고 배 형사와 차 형사의 손에 붙들린 채 신태광이 두리번대며 들어왔다. 박이순이 신태광을 보자 엉덩이를 들썩거렸다.

"자네가 다 시켰잖아. 왜 모른 척이야? 빨리 사실대로 말해!"

어디서 그런 박력이 샘솟는지 박이순은 바락바락 소리를 질렀다. 날카로운 목소리에 칼과 창이라도 달린 양 신태광은 무서워 움찔거렸다. 맞은편에 앉고 싶어 하지도 않는 걸 배 형사와 차 형사가 억지로 찍어 눌러 앉혔다.

신태광은 무릎을 끌어안고서 수갑 찬 두 손으로 종아리와 발목을 신경질적으로 긁어댔다. 마약 금단현상이었다.

"자네가 자네 아버지를 죽이라고 시켰잖아? 말 좀 해봐. 말 좀 해보라고! 죽이라고 했잖아!"

피부병 걸린 개처럼 벅벅 긁기만 하는 신태광 때문에 답답했

느지 박이순은 팔목에 차고 있는 수갑으로 데스크를 두들겨댔다. 그러다가 갑자기 식은땀을 흘리며 제 가슴팍을 탁탁 내리치더니 데스크 위로 엎어져 신음하기 시작했다.

"아… 아…. 경찰관님…. 심, 심장약 좀… 주세요. 제 가방에 약 있어요… 무, 물 하고…"

가슴을 쥐어뜯으며 박이순이 고개 숙인 채 고통에 흐느꼈다.

녹화실에서 이 광경을 지켜보고 있던 장 대장이 마이크에 입을 갖다 댔다. 취조실 안 스피커에서 장 대장의 다급한 목소리가 흘러나왔다.

"차 형사, 지금 당장 보관실로 가서 박이순 씨 가방에서 약 찾아 꺼내와. 배 형사는 물 떠오고, 빨리!"

차 형사와 배 형사가 부리나케 취조실 밖으로 뛰쳐나갔다. 문 앞 의자에 앉아 대기하고 있던 여경이 얼른 박이순에게 다가가 어깨를 감싸 안았다.

"할머니, 괜찮으세요? 조금만 참으세요. 곧 약 가지고 올 거예요."

박이순은 땀을 뻘뻘 흘리며 겨우 고개를 끄덕였다. 그러면서 뭐라고 중얼거렸다.

"네가 성폭행하려다가 실패해서 죽인 거 다 알아."

신태광이 고개를 절레절레 흔들며 울먹였다.

"아니야, 아니라고…."

장 대장이 취조실 쪽으로 손가락질해댔다.

"성폭행 뭐? 지금 뭐라는 거야?"

시호는 녹화 시스템 앞에 앉아 있는 방 형사 옆으로 다가가 모니터 옆에 놓인 스피커에 귀를 가져다 댔다. 취조실 내부 소리는 녹화실에 직접적으로 전달되지 않기 때문이었다. 귀는 스피커 가까이에 댄 채 두 눈은 반광 유리 너머의 박이순에게 가 있었다.

"목 졸라 죽인 것도 모자라 그 불쌍한 아이를 그렇게 불태워야 했니?"

숙인 자세의 박이순이 고개만 위로 치켜들고 신태광을 노려보았다. 커다란 두 눈에서 푸른색 불꽃이 일었다. 살기였다. 시호는 살면서 저렇게 강렬한 살의를 본 적이 없었다. 자신의 목을 조르던 좀비 경호원들조차 두 눈은 텅 비어 있었다.

"자기 때문에 그렇게나 많은 사람이 죽고 다쳤단 걸 알면 그 애는 분명히 슬퍼했을 거야."

무슨 소린지 몰라 여경도 가만히 박이순의 얼굴을 바라보고 있었다.

"장 대장님, 신태광이 위험합니다. 박이순이 신태광도 죽일 거예요."

시호의 목소리에 장 대장이 두 눈을 끔벅였다.

"그게 무슨 소리야? 경찰서 안에서 어떻게 죽여? 아무것도 없는데 무슨 수로?"

그때였다. 벌벌 떠는 신태광을 향해 박이순이 큰 소리로 외쳤다.

"신태광! 이제 나하고 같이 지옥 가자아아아!"

박이순은 옆에 있던 여경의 코를 이마로 세게 치받았다. 여경은 두 손으로 코를 부여잡고 엉덩방아를 찧더니 턱 밑으로 뚝뚝 떨어지는 피를 보고선 이내 까악, 하고 비명을 질렀다.

작고 메마른 몸 어디에서 그런 괴력이 나왔는지 알 수 없었다. 데스크 위를 타고 넘은 박이순은 신태광에게 뛰어들었다. 마침 접었던 다리를 내리고 일어나 도망치려 했던 신태광은 의자에 도로 주저앉은 꼴이 됐다. 박이순은 수갑 찬 팔 안으로 신태광과 함께 의자 등받이까지 집어넣어 꽉 끌어안았다. 두 사람은 마주 보고 껴안은 자세가 됐다. 낚싯바늘에 찔린 갯지렁이처럼 신태광이 온몸을 비틀며 꿈틀거렸다.

녹화실 밖으로 뛰어나가려는 시호를 장 대장이 가로막다가 서로 부딪쳤다. 아직 아물지 않은 상처 때문에 시호가 몸을 비틀었다.

바로 그때 검붉은 멍울들이 날아와 반광 유리 벽에 부닥쳤다. 순간 제 얼굴에 뭔가가 뿌려지는 줄 알았던 시호는 본능적으로 눈을 질끈 감았다 떴다.

눈앞에 꽃들이 무덕무덕 피어 있었다. 온통 라플레시아꽃이었다. 세상에서 가장 강인한 복수라는 이름의 꽃. 그렇게 생각한 순간, 꽃 무더기가 신태광의 선혈임을 깨닫고 시호는 아연했다.

모든 증거는 박이순의 설계에 따라 조작된 것이었다. 족적도 지문도 치흔도 DNA도… 돈과 권력의 철옹성에 숨어버린 신태광을 밖으로 끌어내기 위한 계획 살인이었다.

녹화실을 뛰쳐나가 취조실로 달려간 시호는 문손잡이를 세게 거머쥐었다. 배 형사와 차 형사가 복도를 달려오고 있는 모습이 시호의 시야 가장자리에 걸렸다. 손잡이를 붙잡은 손에 힘이 들어가지 않았다.

살인은 살인으로 갚으면 안 된다. 하지만 나는? 동생의 배를 가른 놈들을 만나게 된다면? 그리고 그렇게 한 이유가 순전히 누군가의 목숨을 연명해 보겠다는 어리석은 믿음에 의한 것이 었다면? 과연 그놈들을 용서할 수 있을까? 과연?

문이 천천히 열렸다.

신태광은 사지를 축 늘어뜨린 채 박이순에게 붙들려 있었다. 목에선 붉은 피가 주르르 흘러내렸다. 베어 먹은 사과처럼 움푹 살점이 떨어져 나간 신태광의 목에 박이순은 연거푸 이빨을 갖다 꽂았다. 뜯어낸 살점들은 더러운 가래침인 양 바닥에 퉤, 하고 뱉었다. 근육까지 모두 다 뜯어내고 이빨에 뼈가 덜그럭덜그럭 부딪히고 나서야 물어뜯기를 멈췄다. 그러고는 신태광의 어깨에 이마를 기댄 채 거친 숨을 몰아쉬며 오열했다.

"딸하고 친했다는 동생이 찾아와 모든 진실을 말해주었습니다. 이놈한테 복수하고 싶었습니다. 그런데 접근조차 힘들더군요. 그래서 이럴 수밖에 없었습니다. 죄송합니다. 죄송합니다."

　밖은 그림자 하나 숨을 곳 없는 뙤약볕이었다. 나는 한 발자국도 내딛지 못하고 어스름 속에 서 있었다.

　언니가 죽은 지 2년째다.

　며칠 전 육관음이 풀려났다. 엄동도 풀려났다. 주리아는 잠적했다. 언니의 죽음에 책임지는 사람이 아무도 없었다. 진실을 알고 싶어 하는 사람도 없었다.

　입회식에 참석하기 위해 시민문화회관 안으로 줄 맞춰 입장하던 나는 무대 뒤쪽에 사람들이 들락거리고 있는 비상구를 발견했다. 그쪽으로 나가면 가릉빈가로 꾸민 제이 언니를 만날 수 있을 것 같았다. 관음교의 실체에 관해 물어보고 싶었다. 내가 본 것이 도대체 무엇인지 알아야만 했다.

　나는 허리를 굽혀 기다시피 해서 객석을 빠져나가 무대 뒤쪽으로 갔다.

　비상구 문은 양쪽으로 여닫는 철문이었다. 문을 아주 조금 열고 밖으로 나가자 군데군데 칠이 벗겨진 민트색 복도가 나타났다. 등 뒤에서 철문이 쾅 소리를 내며 닫혀서 깜짝 놀라 뒤돌아보았다. 철문에는 커다란 걸쇠가 달려 있었다.

그때 복도 오른쪽 끝에서 지도 스님들이 나타났다. 나는 자연스레 발길을 왼쪽으로 틀었다.

왼쪽 끝에는 지하로 내려가는 내리막길이 있었다. 우레탄이 깔린 걸 보니 소품들을 보관하는 창고로 통하는 길인가 보았다. 나는 지하로 발걸음을 옮겼다.

예상했던 대로 지하 1층에는 여러 가지 소품들이 빼곡하게 쌓여 있었다. 의자와 테이블부터 각종 의상에 악기들까지.

그 가운데에 종이로 만든 연꽃 마차가 놓여 있었다. 색색의 종이꽃으로 꾸민 리어카 위에 커다란 연꽃이 올려 있었다. 가릉빈가의 마차였다. 여기서 기다리고 있으면 제이 언니가 마차를 타러 올 것이었다.

그때 누군가가 다가오는 인기척에 놀라 나는 연꽃 마차 뒤에 숨었다.

"씨발, 완전히 망했어. 내 인생은 완전 좆났어. 좆됐다고. 씨발!"

울분에 찬 남자의 목소리와 바닥을 쾅쾅, 신발로 굴리는 소리가 들려서 나는 몸을 더 옹송그렸다.

"쉿, 목소리 좀 낮추세요."

리아 언니의 목소리였다.

"내가 지금 열 안 받게 생겼어? 이건 다 제이 저년 때문이야. 몸에 금테 둘렀어? 다리 좀 벌리고 누워있는 게 그렇게 싫어? 나하고 할 바엔 뭐? 차라리 죽겠다고? 씨발, 미친년!"

"참으세요. 제이 그년이 욱이 오빠하고 속세에서 맺은 인연을 끊어내지 못해서 그랬던 거예요. 엄동 스님이 별로라서가 아니고요."

"됐고, 얘 처리나 잘 해."

"그건 제가 알아서 할게요. 나중에 불만 잘 붙여 주시면 돼요."

두 사람의 말소리가 점점 멀어졌다.

나는 고개를 내밀어 지하실에 아무도 없는 걸 확인했다. 두 사람의 대화 내용이 심상치 않았다. 제이 언니가 위험하다. 제이 언니를 찾아야 한다.

연꽃 마차를 돌아서 나오는데 이상했다. 등골이 오싹해지면서 머리카락이 쭈뼛 섰다. 뭔가가 가지 말라고 나를 잡아당기는 기분이었다.

나는 연꽃 마차를 살폈다. 종이로 된 연꽃잎 사이에 설핏 뭔가가 보였다. 무대 위에서 연꽃이 활짝 펼쳐지도록 장치가 되어 있는 끈을 붙잡았다. 손이 떨렸다. 끈을 잡아당겼다. 커다란 연잎이 벌어지면서 안에 가부좌를 틀고 앉아 있는 제이 언니가 나타났다.

"언니?"

두 눈을 감고 가부좌를 틀고 앉은 언니는 예쁜 선녀 복장을 하고 있었지만, 어딘지 모르게 이상했다. 떨리는 손을 뻗어 언니의 얼굴을 만졌다. 생기를 잃은 얼굴이 차가웠다. 그리고 딱딱했다. 불에 덴 듯 손을 황급히 거뒀다. 생각할 필요도 없이 나는 깨달았다.

언니가 죽었다.

언니가 죽었다.

언니가 죽었다.

그때 갑자기 뒤통수에서 폭죽이 터진 듯한 통증이 일었다. 얼른 한 손으로 뒤통수를 더듬었다. 손바닥에 피가 흥건하게 묻어나왔다. 그새 뜨듯한 피가 목덜미를 타고 흰 개량 한복 앞자락을 적셨다. 무릎이 꺾이면서 몸이 기우뚱 쏠렸다. 바닥에 곤두박

질치면서 마지막으로 본 얼굴은 볼품없는 엄동의 면상이었다.

정신을 차렸을 땐 사방이 한 치 앞도 보이지 않는 연기로 가
득했다. 나는 옷소매로 코와 입을 막고 위층으로 올라갔다. 민트
색 복도를 지나가는데 내가 빠져나왔던 회색 철문에 커다란 걸
쇠가 채워져 있는 걸 발견했다.

문틈 사이로 붉은 그림자가 날름거리고 있었다. 비명과 절규
가 터져 나왔다. 살려달라며 누군가 문을 세게 두들겼다. 걸쇠에
손을 갖다 댔다가 놀라 얼른 손을 뗐다. 쇠로 된 걸쇠는 라면 냄
비보다 뜨거웠다. 하지만 문 건너편에서 살려달라고 소리치는
사람을 모른 척할 순 없었다.

나는 옷소매로 손을 감싼 뒤 걸쇠를 붙잡았다. 대번에 소맷자
락이 타면서 화기가 손에 전달되었다. 두 손에 화상을 입더라도
계속해서 걸쇠를 벗겨내기 위해 안간힘을 썼다. 그러는 동안 덜
컹거리던 문짝이 얌전해졌다. 살려달라는 애원도 잦아들었다.

울음을 터트리며 비상구 쪽으로 달렸다. 달리다가 숨이 막혀
제자리에 주저앉았다. 어떻게든 비상구 앞까지 기어가다가 결
국 정신을 잃었다.

거기서 나는 오른쪽 어깨에 미륵보살 문신을, 양손에 화상자

국을 얻었다. 잃은 건, 그게 뭔지도 모를 만큼 많았다. 하지만 한 가지만은 확실했다. 끓인 밀랍을 주더라도 기꺼이 받아 마실 수 있었던 제이 언니를 잃었다.

그래서 제이 언니 죽음에 대한 진실을 이야기해야만 했다.

제이 언니의 엄마를 찾았다. 요양병원 간호사로 일하고 있었다. 엄마에 대한 거짓 험담을 듣고 자랐던 제이 언니의 슬픈 미소가 떠올랐다. 언니의 엄마는 언니에 관해 진실을 들어야 한다.

언니는 소신공양한 게 아니다.

언니는 엄동에게 죽임을 당했고 시신까지 불태워졌다.

눈이 아프게 환한 햇볕 속으로 한 발 내디뎠다. 모자를 쓰기 전에 뒤돌아 요양병원 건물을 올려다보았다. 제이 언니의 엄마가 어느 창문가에 서서 나를 내려다보고 있을 것만 같았다. 아주 잠깐 서 있는데도 정수리에 햇볕이 고였다.

모자를 눌러썼다. 그러고는 형벌처럼 뜨거운 뙤약볕을 가로질러 걸었다.

이제 내게는 남은 생을, 이렇게 살아내는 일만 남았다.

에필로그

한밤의 어둠을 틈타 마을을 점령한 것은 정체 모를 산안개였다.

연체동물처럼 계곡을 타고 내려온 개나리빛 연무는 메마른 논과 밭과 농로와 인가를 핥으며 소리 없이 잠식해 갔다. 마을의 모든 경계를 지우고 모든 소리를 집어삼켰다.

축사의 소들이 겁먹은 눈을 껌벅이며 울다 무릎을 꿇었다. 닭장의 닭들은 맥없이 쓰러졌다. 낑낑대던 개들이 입가에 침을 길게 매달고 땅바닥에 대가리를 처박았다.

새벽 밭일을 나가던 노인이 안개 속으로 자전거를 끌고 들어갔다. 곧 농로 옆 하천으로 노인과 자전거가 함께 처박혔다. 바들거리는 노인의 입가에도 길게 거품이 매달려 있었다.

비로소 아침 해가 솟아올랐고 따듯한 햇살이 언 땅과 공기를 데웠다. 그러면 안개는 사라질 것이었다. 그러나 개나리빛 연무는 사라지지 않았다. 오히려 입자 하나하나가 붉은빛으로 발광하기 시작했다.

경찰청 앞 삼겹살 김치전골 가게에서 강력 3팀 전원이 모였다. 보고서까지 모두 마무리하니 밤 열 시였다. 한참 늦은 저녁이었다.

삼겹살 김치전골이 나오기 전에 밑반찬들이 먼저 깔렸다. 수저와 소주잔이 놓였다.

우근지 형사가 모두와 눈을 일일이 마주친 후 무슨 기밀이라도 발설하듯 나지막하게 말했다.

"신태광이 지문만 나온 그 삼천만 원이, 신태광이가 준 거라 카데예."

무슨 말을 하려나 몸을 기울였던 배영민 형사가 숟가락으로 우 형사의 이마빡을 딱 하고 때렸다.

"신태광 지문만 나왔으니 신태광이 준 거겠지."

"아니, 그기 아니라 제 말은예. 신태광이가 예전에 한제이 양을 죽인 게 미안해서 제이 양 엄마한테 보낸 보상금이라꼬예. 그걸 한 푼도 안 쓰고 가지고 있었다 이기지예."

"아니지. 정확하게는 주리아가 신태광을 협박해 돈을 갈취해서 제이 양 어머니한테 보낸 거지. 그 사고로 보상받은 유가족이 없는데 자기한테만 돈을 주니까 이상하게 생각했다잖아?"

그리고 민서라는 아이가 찾아왔다고 했다. 민서의 증언과 모바일 일기장으로 박이순은 신태광에 대한 복수를 결심했다. 하지만 신태광은 걸핏하면 해외에 나가 있고 경호원들을 줄줄이 달고 다녀서 접근하기조차 쉽지 않았다.

그래서 그런 방법을 생각해 낸 것이었다.

신태광의 아버지를 죽이자. 제 아버지가 죽으면 어떻게든 나타나겠지.

신태광의 아버지 신영호가 사이비 교주로 많은 가정을 파괴하고 많은 사람을 자살로 몰아갔음에도 불구하고 아무런 처벌도 받지 않고 호의호식하며 살고 있어서 오히려 다행이었다고 했다. 조금의 죄책감도 느낄 필요가 없었기에….

하지만 기회는 한 번뿐이었다. 경호원들을 떼어내야만 했다.

"박이순 씨가 요양병원 간호사였대. 케타민 처방 받은 환자 차트를 조작해서 케타민을 모았다고 하대. 다른 수면제나 진정제도 그렇고."

삼겹살 김치전골 냄비가 가스버너 위에 놓였다. 배영민 형사가 가스버너에 불을 댕기며 말했다.

"치매 할매라 카고 요양병원에도 들어간다꼬 카니까 간호사일 거라곤 꿈에도 생각 못했다 아입니꺼."

우 형사가 투덜거리면서 아직 끓지도 않은 전골 국물을 숟가락으로 휘휘 휘저었다.

"근데 얼굴은 와 쪼샀다 카던데예?"

방이열 형사가 우 형사에게 언성을 높였다.

"아, 우 형사님 제발 그만 좀 하세요. 더럽게…."

"더럽기는 뭐시 드럽다카노? 이거 안 쓴 기다."

우 형사가 방 형사에게 눈을 흘겼다.

"아니, 그래서 얼굴은 와 쪼샀다 카대예?"

차 형사가 시큰둥하게 대답했다.

"박이순 씨가 며칠 전부터 중증 치매인 척하면서 아파트 여기저기 쏘다녔잖아. 11일 밤에 귀가하던 신영호 씨한테 접근해서 이렇게 말했대. 며칠 전 가사 도우미가 집 화장실을 쓰게 해줬는데 그때 화장실에 금가락지를 두고 나왔다고. 아마 신영호 씨는 가사 도우미인 김희령 씨 약점 잡아서 어떻게 해볼 생각이었겠지. 아니면 치매 할머니한테서 금가락지를 빼앗으려고 했던가. 아무튼 그랬더니 박이순 씨를 집 안으로 들어오라 그랬대."

901호에 들어갈 수 있는 또 다른 방법이 그거였다. 신영호가 들어갈 때 같이 들어가는 것.

차 형사가 말을 이었다.

"거실까지 따라 들어간 박이순 씨는 뒤돌아보는 신영호 씨 얼굴에 퀵펜 주사기로 케타민을 주입했어. 그 주사 자국을 없애기 위해 얼굴을 다짐육으로 만들어 놓은 거래. 식기세척기에 물 안 나오는 건 미리 알고 있었고. 일부러 DNA를 남겼다 하더라고."

"그카모 우리 전부 싹 다 이용당한 깁니꺼?"

시호가 공깃밥 뚜껑을 열며 고개를 끄덕였다.

"그렇죠."

시호의 목소리에 씁쓸함이 담기는 건 어쩔 수 없는 모양이었다.

이번 수사는 실패다.

경찰로서 수치심이 일었다. 한편으론 박이순 씨한테 연민도 느껴졌다. 복수의 칼이 닿기에 신태광은 너무 멀고 높은 곳까지 도망가 있었으니까. 이런 양가적인 감정이 취조실 문고리를 붙잡고 망설이게 했던 것이다.

"강 팀장님은 개안은 거지예? 안 쫓기나지예? 막판에 장 대장님으로 책임자가 바꼈다 아입니꺼?"

"네, 명절 때 기프트 쿠폰이라도 보내야겠네요. 장 대장님 덕분이라고 카드도 쓰고요."

시호의 말에 배 형사가 김치전골을 한 입 먹다가 기침을 해 댔다. 차 형사는 가방에서 단백질 파우더 제품을 꺼내며 시호의 말을 받아쳤다.

"공무원한테 삼만 원 이상 쏘면 안 되잖아요?"

차 형사가 쉐이크 통에 생수와 파우더를 넣고 마구 흔들어 댔다.

"아, 그런가요?"

"괜찮습니다. 장 대장님은 이제 공무원이 아닙니다."

방 형사의 입꼬리가 실룩거렸다. 알고 보니 웃음이 많은 방 형사였다.

"근데 주리아 씨는 와 체포했는데예?"

"공용건조물방화죄, 공소시효가 15년이에요."

시호의 말이 의외였는지 우 형사가 숟가락을 식탁에 탁, 소리나게 내려놓았다.

"주리아 씨가 불을 질렀다꼬예?"

"네, 죽은 한제이 양 몸에 고체 연료로 만든 염주를 두르게 하고 신태광에게 불을 붙이게 했어요. 고체 연료가 비누처럼 무르거든요. 그걸 깎아서 백옥 염주로 보이게 했죠. 그 정도로 크게 불이 날 줄은 몰랐다고 하더라고요. 하지만 그걸 빌미로 신태광에게 오랫동안 돈을 뜯어냈으니 반성한 것 같진 않더군요."

"근데 박이순 씨한테 다 일러바쳤다는 그 민서라 카는 아는 지금 뭐 하고 살까예?"

가장 어둡고 나쁘고 아픈 기억은 절대 두고 올 수 없는 것이다.

"살아 있겠죠. 사망자 명단엔 없었으니까."

주인 아주머니가 커다란 벽걸이 텔레비전에 전원을 켰다. 그러자 생방송 뉴스 속보가 방송되었다.

슈트 차림의 멀끔하게 생긴 DG 화학 대표이사가 연단 위에서서 카메라 세례를 받고 있었다. 국내 굴지의 화학 회사 대표이사치곤 꽤 젊어 보였다. 그는 기자들 앞에 정중하게 머리를 숙였다. 그러자 기자들의 질문 세례가 쏟아졌다.

"사고 원인 물질이 파치렌 맞습니까?"

"파치렌이 세계보건기구 산하 국제암연구소에 의해 발암군으로 분류된 걸 아십니까?"

"이미 마을 주민 스물세 명이 사망하고 인근 지역의 주민까지 삼천여 명이 호흡기 질환 및 흉통을 호소하고 있습니다. 어떻게 보상하실 생각이죠?"

"이번 사고로 누출된 파치렌 양은 얼마이며 공장 반경 몇 킬로미터까지 오염시켰는지 말씀해주십시오."

남자는 비장한 얼굴로 카메라 하나하나에 눈을 맞추며 말했다.

"먼저, 가스누출 사고의 피해자분들과 유가족분들께 삼가 깊은 조의를 표합니다. DG 화학은 이번 사고를 환경 참사로 규정하고 최선을 다해 보상과 복구에 힘쓸 것을 약속드립니다."

텔레비전 화면을 향해 우근지 형사가 손가락질했다.

"아니, 점마는 와 아까부터 지 혼자 딴소리를 씨부리쌌노? 질문한 건 그기 아이잖아."

"그래도 재벌 3세가 머리 숙여 사과를 다 하고 대한민국 많이 좋아졌네."

차 형사가 쉐이크 통에 담긴 걸쭉한 액체를 마시면서 시큰둥하게 배 형사에게 물었다.

"쟤가 재벌 3세야?"

"점마가 재벌 3세라꼬예? 머시 저리 어리노?"

"몰랐어? 최시호라고, 핑크펄시스터즈 리더 미미하고 사귀잖아."

밥 한술 뜨려고 했던 방 형사가 숟가락을 쥔 채 숯검정 눈썹을 꿈틀거리며 식탁 위에 머릴 박았다.

"아악, 내 미미. 내 미미를 감히⋯."

"야, 목소리 좀 낮춰. 그러다 미미 팬들한테 두들겨 맞는다."

차 형사가 혀를 찼다.

"팀장님은 식사 안 하실 거예요?"

배 형사가 시호에게 물었다.

시호는 조금 전부터 텔레비전에서 눈을 떼지 못하고 있었다. 'DG 화학 대표이사 최시호'라는 자막이 나왔다가 사라졌다.

그 남자아이였다. 우주함대 운전 면허증을 가지고 있던 그 아이!

시호였다.